河出文庫

アダムとイヴの日記

マーク・トウェイン
大久保博 訳

kawade bunko

河出書房新社

目次

挿絵　F.Strothmann, L.Ralph（原書より転載）

アダムの日記

原典を解読せしもの

〔注――何年かまえ、私はこの日記の一部を解読した。そして、友人が不完全な形でではあったが、わずかばかりの部数、それを印刷してくれた。しかし一般の読者の手にはとても渡らなかった。そののち私は、アダムの刻んだ象形文字をさらに多く解読した。そしてこう考えるにいたった。つまり、アダムも今では公的な人物としてきわめて重要な存在となっている。したがって、その日記を公刊しても別にさしつかえはあるまい、と。――M・T〕

Strathmann

月曜日

長い髪をしたこの新しい生きものは、まったく邪魔だ。いつもそこいらをうろつき回っては、後をつけてくる。こういうことはどうも気にいらない。連れなんていうものには慣れていないからだ。ほかの動物たちといっしょにいてくれれば助かるのに。……今日はくもり空、風は東。どうやら私たちは雨にあいそうだ。……私たち？　はて、どこでこんな言葉をおぼえたのだろう？　……ああ、そうだ——あの新しい生きものが使っている言葉だ。

N
W
E
S

火曜日

このところ大滝を調べている。この辺であんなにすばらしいものはない、と私は思う。新しい生きものはそれを「ナイアガラの滝」と呼んでいる。――なぜなのか、よくわからない。なんでも、「ナイアガラの滝」のように見えるからなのだそうだ。だが、それでは理由にならぬ。気まぐれな返事、たわいもない返事にしかすぎないのだ。私はどうも機会にめぐまれず、自分で物に名前をつけたことがない。あの新しい生きものは、何にでも手あたりしだいに名前をつけてしまい、こっちは抗議のくちばしを入れるひまさえない。そして、いつもあの弁解の言葉がはね返ってくる。――だって、そんなふうに見えるんですもの、と。たとえばの話、ここにドードー鳥[*1]がいるとする。すると誰でも、その鳥のほうを見たとたんに、一目で、それが「ドードー鳥のように見える」ことがわかるのだそうだ。それでその鳥は、以後もちろんドードー鳥という名をつけていなければならなくなる。そんなことにいちいちやきもきしていたら、こっちは疲れるばかりだ。それに、やきもきしたって、どのみち何の役にもたちはしない。ドードー鳥！　そんなものはドードー鳥なんかに似ているものか。私がその鳥に似ていないのと同じことだ。

NIAGARA
Dodo

水曜日

小屋をたてて雨つゆをしのぐようにした。ところがその小屋は自分だけで静かに使うわけにはいかなかった。あの新しい生きものが侵入してきたのだ。追い出そうとすると、あいつは穴から水を出した。ものを見るあの穴ぼこ[*2]からだ。そして前足の甲でその水をぬぐい、大きな音をたてた。ほかの動物が困ったときにたてるようなあの音だ。あいつが口をきかないでくれたらいいと思う。しょっちゅうペチャクチャやっているからだ。

＊1　一〇ページの「ドードー鳥」は、むかしインド洋のマリシャス島にいた鳥。いまは絶滅して、その片足だけが大英博物館に保存されている。「時代おくれの人」、「とんま」の意味がある。
＊2「目」のこと。

QUEEN ANNE
PRICE $1500

なんだか私はこのかわいそうな生きものにむかって悪口を言い、誹（そし）っているようにも聞こえるが、別にそんな意味で言っているわけではない。人間の声なんて、以前はいちども聞いたことがなかったからで、シーンと静まりかえった、この夢みるような閑静（かんせい）な場所に、何か新しい耳なれぬ音が侵入してくると、その音が耳ざわりになり、調子はずれの音のような気がしてくるからだ。それにこの新しい音は、すぐ近くでするのだ。肩さきでするし、耳もとでする。初めはこっち側でしたかと思うと、次には反対側でする。私の慣れている音といえば、多少とも離れたところから聞こえてくる音だけなのに。

金曜日

物に名前をつける例の仕事は、どんどん進んでいる。手のくだしようがない。この土地に対しては、私は私なりにすばらしい名前を考えていた。音楽的で美しい名前だ。——つまり、「エデンの園（ガーデン）」。そして自分ではいつもそう呼んでいる。しかし、公（おお）けにはもはやそう呼べなくなってしまった。あの新しい生きものが言うには、それは森とか岩とか、そういった風景にしかすぎない、だから園（ガーデン）などというものには少しも似ていない、と言うのだ。公園（パーク）とやらに似ていて、公園以外のものには見えないと言うのだ。その結果、私に相談もせず、勝手に新しい名前をつけてしまった。——「ナイアガラの滝公園」。これは相当に高びしゃだ、という気がする。それに、いつの間にかもう立札まで立っているのだ。

> 芝生に
> 入るべからず

私の生活はもう以前のようには楽しくない。

GARDEN OF
EDEN
GARDEN OF
EDEN
NIAGARA FALLS
PARK
KEEP OFF
THE GRASS
Strothmann

土曜日

あの新しい生きものは、果物を食べすぎる。そのうち、私たちはきっと不自由するようになるだろう。またしても「私たち」だ。——これはあの生きものの言葉だ。ところが今では私の言葉にもなってしまった。何度も何度も聞いていたからだ。今朝はだいぶ霧がこい。私自身は霧のときには外に出ない。ところがあの新しい生きものは出てゆく。どんな天候の中でも出歩き、泥だらけの足でドシンドシンと入ってくる。そしてペチャクチャ、話しをする。以前はここも実に楽しく、静かな場所だったのに。

Strathmann

日曜日

やっと終わった。この日はだんだんとつらくなる。この一一月に日曜日というものが選ばれ、ほかの日と区別されて、休息のための日となった。だがすでに私は一週間に六日もこの日をもっていたのだ。今朝おきてみると、あの新しい生きものは、土くれを投げてはリンゴをあの禁断の木から落とそうとしていた。

月曜日

あの新しい生きものによると名前はイヴというのだそうだ。まあいいだろう。別に反対する理由もない。名前は、あいつに来てほしいと思ったときに私が呼ぶためのものなのだそうだ。それなら、それはスーパーフルアス[*1]だと言ってやった。その言葉を聞いたとたん、あいつの私に対する尊敬はぐっと高くなった。たしかに、スーパーフルアスとは大きくて立派な言葉で、何度くりかえして使ったってすりへるようなしろものではない。あいつは、自分はあいつ（イット）ではなく女性（シー）だと言っている。しかしこれはどうも怪しい。とはいえ、私にとってはどちらでも同じことだ。彼女が何であろうと、私には関係ないのだ。もし彼女がひとりでやってゆき、おしゃべりさえしないでいてくれればの話なのだが。

＊1「余計なもの」の意。来てほしいとは思わないから。

EVE
She
SUPER
FLUOUS

火曜日

彼女はこの土地のあちこちに忌(いま)わしい名前をつけ、不快な立札を立ててしまった。

☞至るワールプール＊1

☞至るゴート・アイランド

☞ケイヴ・オヴ・ザ・ウインズへはこの道を

彼女の話だと、この公園は客さえあればちょっとした避暑地になるだろう、ということだ。避暑地――これも彼女が考え出したものだが――それはただの言葉だけであって、意味なんか何もありはしない。避暑地とは何か？　だがそんなことは聞かぬが一番。むこうは説明したくってウズウズしているのだから。

＊1　いずれもナイアガラの滝の観光名所。

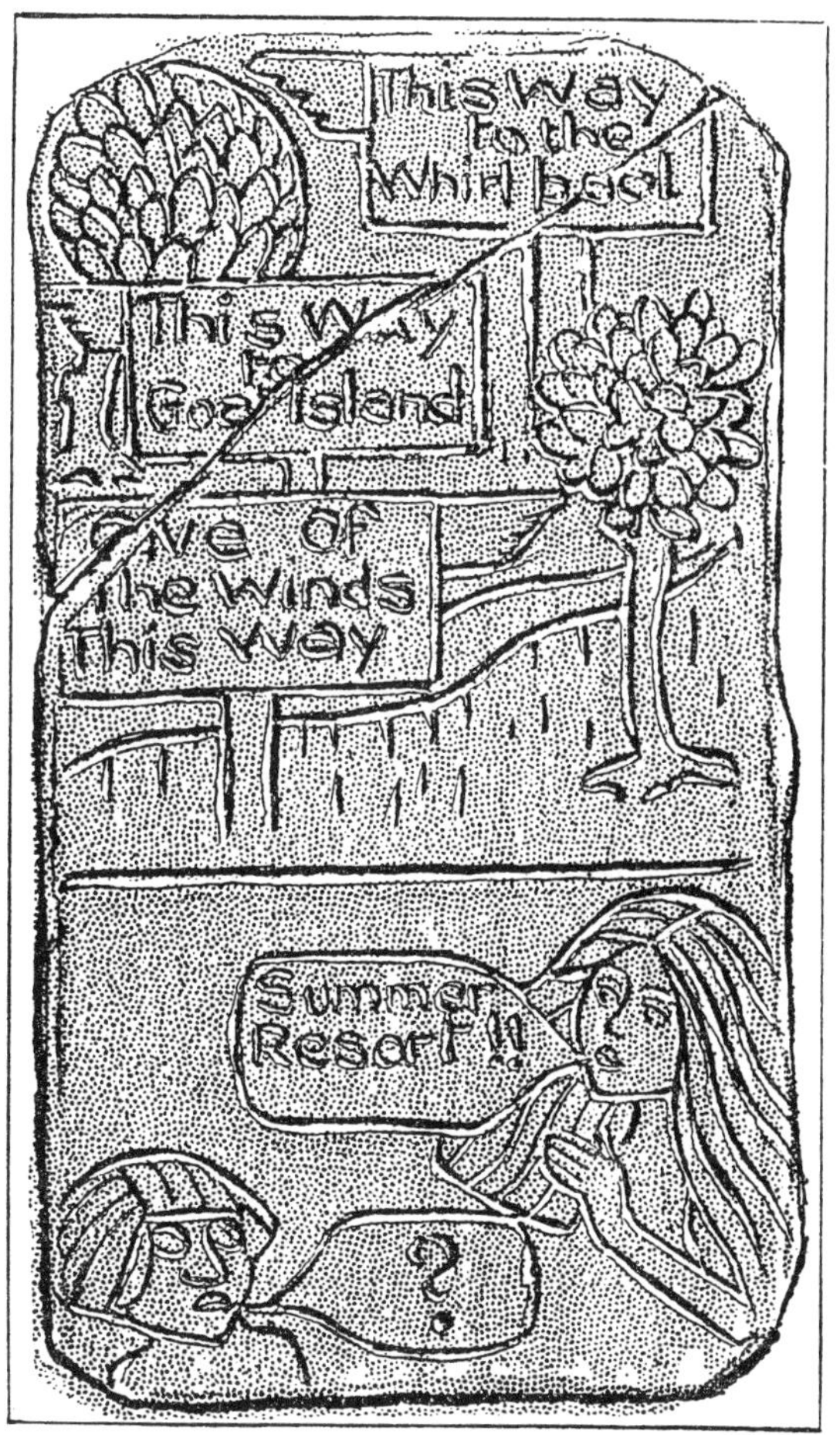
This way to the Whirl pool
This way to Goat Island
Cave of the winds This way
Summer Resort!!
?

金曜日

彼女は滝を渡ることだけはやめてほしいと言いだした。いったいどんな危険があるというのだろう? 身震いがするのだそうだ。なぜだかわからぬ。滝を渡るのはいつもやっていることだ。――やるたびにあの飛び込みや、興奮や、ひんやりとした感じが気にいっている。私の考えでは、滝は渡るためにこそあるのだ。ほかに使い道があったとしても、私にはわからない。何かのために作られたことだけはたしかだ。彼女によれば、それはもっぱら風景のために作られたのだそうだ。――サイやマストドン[*1]と同じものなのだそうだ。

私は樽(たる)に入って滝を渡った。――彼女が満足するはずはない。そこで、たらいに乗って渡った。――ところがそれでも満足しない。そこで、ワールプールとラピッズを、イチジクの葉の水着をつけて泳いでやった。水着はびろびろになった。それからというもの、私は無駄にものを使うといってうんざりするほどお小言を頂戴するようになった。ここではあまりに邪魔が入りすぎる。私に必要なのは、環境の変化だ。

*1 ゾウに似た大きな哺乳動物。

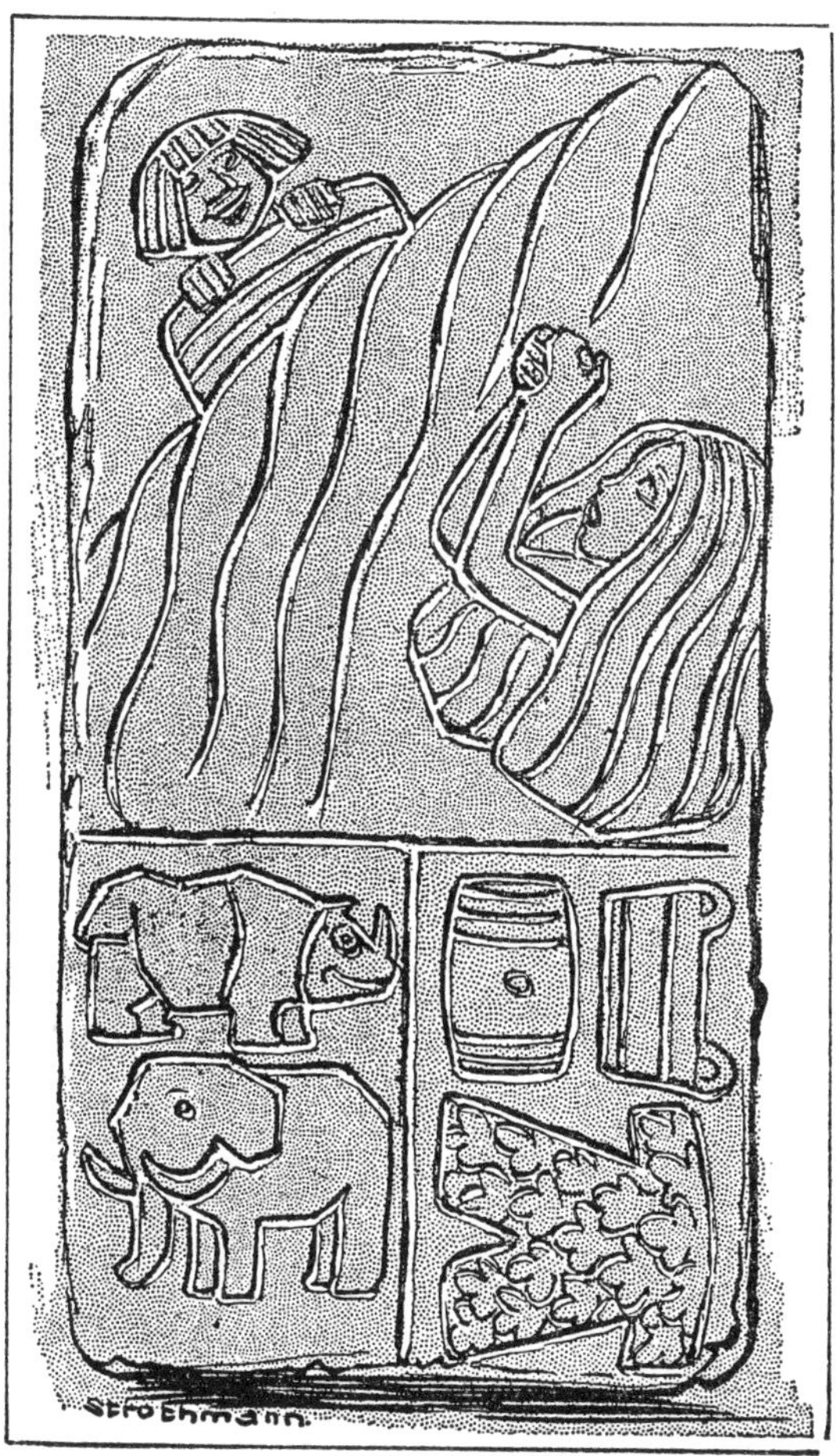
Strothmann

土曜日

火曜日の夜そっと逃げ出し、二日ばかり歩いて、ある辺鄙（へんぴ）な場所に別の小屋をたてた。そして足跡はできるだけ念を入れて消しておいた。ところが彼女はすぐに私を見つけてしまった。ふだん飼いならしている獣でオオカミとか呼んでいる動物を使ったのだ。彼女はやってくると、またあの哀れっぽい音をたて、物を見る例の穴から例の水を出した。そこで私はいっしょに帰らざるをえなかった。しかし機会さえあればすぐにまた飛び出してやるつもりだ。

彼女はいろいろとばかばかしいことをやっている。とりわけばかばかしいことは、なぜライオンとかトラとかという動物は草や花を食べて生きているのだろうか、とその理由を研究していることだ。彼女によれば、そういう動物たちがもっているその種の歯は、たがいに相手をむさぼり食うようにできているではないか、と言うのだ。ばかばかしい。そんなことをしたら、たがいに殺しあうことになる。殺せば、なんでも「死」とかいうものを導き入れることになる。そしてその死というのは、前々から聞かされているのだが、まだこの「公園」には入ってきてはいないのだ。それは、いろいろな点で、残念なことだ。

日曜日

やっと終わった。

月曜日

ウィークデーが何のためにあるのか、やっとわかった。日曜日の疲れから体をやすめるように暇をくれるためだ。これはまさに名案のような気がする。……彼女は近頃また例の木にのぼっている。土くれを投げて木からおろしてやった。彼女は、誰も見ているものなんかいないのに、と言った。どうやら、見ているものがなければどんな危険なことをやっても、そのじゅうぶんな釈明になると考えているらしい。そこでそのことを話してやった。釈明という言葉が彼女の賞賛をかきたてた。——それに羨望(せんぼう)さえもかきたてた、と私は思った。釈明とはなかなかいい言葉だ。

木曜日

彼女の話によると、彼女は一本の肋骨から造られたのだそうで、その肋骨は私の体からとったものなのだそうだ。これは、嘘とはいわぬまでも、とにかく怪しい。私の肋骨は一本だって足りないと思ったことはないのだから。……彼女はノスリ[*1]のことで頭を悩ましている。草をやっても食べないので飼えそうにもない、きっと腐った肉を食べるようにできているのだ、と言うのだ。ノスリは自分があてがわれたものでうまくやっていってもらわなければ困る。私たちは、すべての機構をひっくりかえして、ノスリのためにだけ便宜を図ってやるわけにはいかないのだから。

＊1　ハゲタカの類。動物の腐った肉を好む。

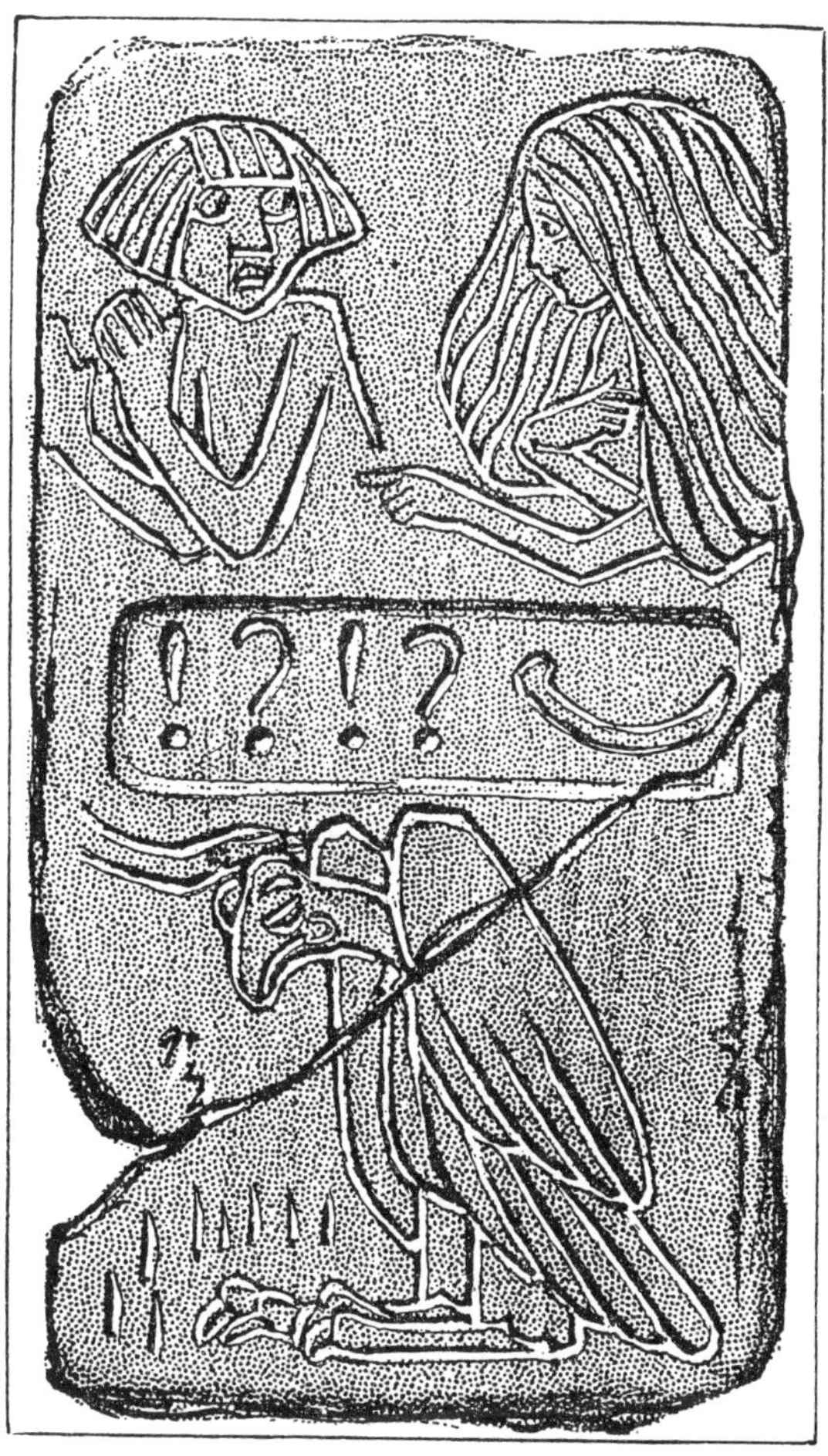

土曜日

彼女はきのう池に落ちた。池の水に映る自分の姿に見とれていたときだ。見とれるのは毎度のことだったのに。彼女はすんでのことで窒息するところだった。そして、あんなに気持ちのわるいことはなかった、と言った。そして、池に住んでいるものたちがかわいそうだ、と言いだした。つまり、彼女が魚と呼んでいるものたちのことだ。今でも相変らず名前をつけているのだ。名前なんかいらないし、呼んだって来もしないものにまでつけているのだ。呼んで来なくたって、彼女にとっては別に大した問題ではないのだ。とにかく彼女は、大変におつむが弱い。そこで、ゆうべなぞ、沢山の魚を池からすくい出して持って帰ってくると、私のベッドに入れて温めてやってくれと言った。だが、私は一日がかりで、ときどき様子を見てやっているが、どうもベッドの中では彼らも以前のようには楽しくないらしい。ただ、ずっと静かになっただけだ。

FISH
Strothmann.

夜になったら外におっぽり出してやろうと思う。もう二度といっしょに寝るつもりはない。ネチャネチャしていて、気持ちがわるくて、こっちが何かを着ていなかったら、とても寝られたものではない。

日曜日

やっと終わった。

Strothmann.

火曜日

彼女は、今度はヘビに興味をもちだした。ほかの動物たちは、みんな喜んでいる。いつも実験台にされては悩まされていたからだ。私も嬉しい。そのヘビがおしゃべりの相手をしてくれる。おかげで、私のほうはひと休みできるというわけだ。

金曜日

彼女の言うには、ヘビがあの木の果実を食べてみろとすすめているそうだ。そしてその結果は、偉大にして気高くりっぱな教育となるのだそうだ。そこで彼女に言ってやった。もう一つ別な結果もあるだろう。——つまり、この世に死を導き入れることにもなるのだろう、と。まずいことを言ってしまった。——その話は私だけのものにしておけばよかった。言ってしまったばっかりに、彼女はあることを思いついたのだ。——つまり、あの病気のノスリを助けたり、元気のないライオンやトラに生肉を与えることができるということをだ。そこで彼女に、あの木には近よらぬほうがいいと言ってやった。彼女は、いやだと言った。なんとなく面倒がおこりそうな気がする。ここを飛び出すことにしよう。

水曜日

波瀾(はらん)に富む一日だった。ゆうべ逃げ出すとウマにとびのり、一晩じゅう、ウマの脚のつづくかぎり駈けさせた。そして、この「公園」からうまく脱出して、面倒がおこる前にどこかほかの土地に身をかくしたいと考えた。しかし、そうはいかなかった。太陽がのぼって一時間ほどしたころ、花の咲き乱れる草原をつっきってウマを進めてゆくうちに、そこには何千という動物たちがそれぞれの習慣に従って、草を食(は)んだり、うたたねをしたり、たがいに戯れあったりしていたのだが、とつぜん、それらの動物が嵐のような恐ろしい叫び声をあげはじめた。そして、一瞬にして草原は狂乱の巷(ちまた)と化し、獣という獣が近くにいるものを殺しはじめたのだ。

Strothmann.

それはどういうことなのか私にもわかった——イヴがあの果実を食べてしまって、そのために死がこの世にやってきたのだ。……トラたちはわたしのウマを食べはじめ、やめろと言っても少しも言うことをきかなかった。そしてその場にぐずぐずしていようものなら、私までも食いかねぬ勢いだった。——私はその場をすて、いちもくさんに逃げだした。……そして見つけたのがこの場所だ。「公園」の外にあるのだ。二、三日のあいだはまったく居心地のいい場所だった。ところが、彼女に見つけられてしまった。彼女は私を見つけ、この場所をトナワンダ[*1]と名づけた。——そのように見えるからなのだそうだ。実を言えば、私も彼女の来たことを残念だとは思わなかった。というのは、ここはごくわずかしか食べる物がなかったのに、彼女はあのリンゴをいくつかもって来てくれたからだ。リンゴは食べざるをえなかった。とても空腹だったからだ。自分の主義に反していることではあったが、主義なんていうものは、食い物をじゅうぶんあてがわれている時のほかは、本当の力なんてありはしないのだ。

＊1　エリー湖にのぞむ工業都市。

TONA
WANDA

……彼女はやって来るとき、木の枝や葉っぱの束で体をかくしながら近づいてきた。なぜそんなばかな真似をするのかと言いながら、それをはぎ取って投げすてると、彼女はくすくす笑いながら顔を赤らめた。くすくす笑ったり顔を赤らめたりする奴なんて今まで見たこともなかった。だから、いかにも不釣合い（ふつりあ）いで、あほうのように見えた。彼女の言うには、私もすぐにどんな具合になるかわかるのだそうだ。まさにそのとおりだった。私は腹はへっていたけれども、食いかけのリンゴをその場にほっぽりだした——これまで見たこともないような実にみごとなリンゴをだ。もっとも、旬（しゅん）はとっくに過ぎてはいたけれども。それから、——そして、さっき投げすてた枝をひろい集めて、自分の体をおおいかくした。それから、やや厳しい口調で彼女に、もっと木の枝をとってきて自分の体をそんなにあらわに見せぬようにしろと命令した。彼女も言うとおりにした。そしてそれがすむと、私たちはさっき野獣たちが闘っていた場所に行って、毛皮をひろい集めた。それから彼女に、それをつぎ合わせてスーツを二着つくらせた。公けの場に着てでるのにふさわしいスーツをだ。着心地は、よくない。それは事実だ。しかしなかなかハイカラだった。そしてこのハイカラということが衣服では肝心な点なのだ。

S.

……彼女は連れとして立派な存在であることがわかった。彼女がいなければ私はきっと寂しい思いをし、気が滅入ってしまうだろう。なにしろ今となっては自分の財産をなくしてしまった私なのだから。もう一つ、彼女の話によると、私たちは定めによって、これから後は働きながら暮らしをたててゆかねばならないのだそうだ。そうなれば、彼女は役にたつだろう。よく監督してやるつもりだ。

Strothmann

それから一〇日後

彼女は私を非難し、私のせいでこんな不幸がおこったのだと言っている！　彼女の話によると、それも見るからに誠意をこめ真情を吐露(とろ)して言うのだが、あのヘビは自信をもって彼女にこう言ったというのだ。つまり、禁断の木の実というのはリンゴなぞではない、それはチェスナット[*1]なのだ、と。そこで私は言ってやった。それならば俺には罪はない、俺はチェスナットなんか食べたことはないのだからな、と。すると彼女の言うには、ヘビが教えてくれたのだが、「チェスナット」というのは比喩(ひゆ)的な言葉であって、それは、古くさいかびの生えた冗談[*2]という意味なのだ、とぬかすのだ。それを聞いて私は青くなった。なにしろこの私もずいぶんと冗談を言っては退屈な時間を過ごしたものだし、その中にはいくつかきっと、古くさいかびの生えた冗談だってあったろうと思うからだ。もっともそれを使ったときは新しいものだとばかり思っていたことは確かなのだが。

*1　クリの実。
*2　「チェスナット」は今日でも「古くさい洒落(しゃれ)」という意味でよく使われる。

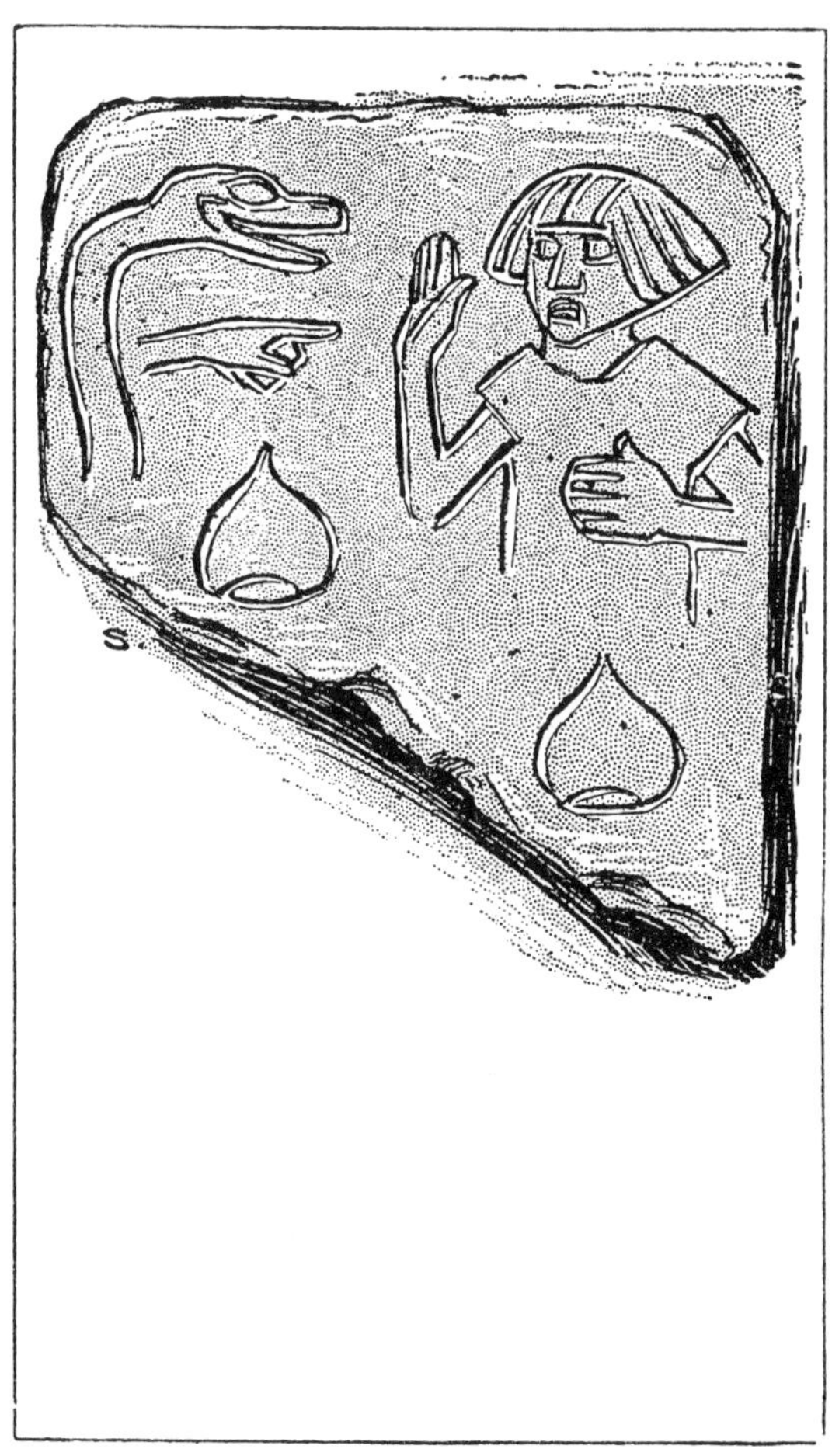

彼女は、あの破局のあった瞬間、私が何か古くさい冗談を言いはしなかったかと尋ねた。私はやむをえず白状してしまったが、実は自分自身にむかって、それも口に出して言ったわけではなかったのだが、一つやらかしていたのだ。それはこんな冗談だった。つまり、私は例の滝のことを考えていた、そして自分自身にむかってこんなことを言った、「なんてすばらしい光景だろう、あの巨大な水があんなところへころがり落ちてゆくなんて！」と。そのとき、たちまちすてきな考えが頭の中にひらめいてきた。それでその考えの翼を自由にはばたかせながら、こう言ったのだ、「だが、もっとずっとすばらしい光景になるだろうな、もしあの水が天にむかってころがりのぼっていったならな！」——この冗談があまりおかしかったので、私はもう少しで自分を笑い死にさせるところだった。と、そのとき、自然界のあらゆるものが解き放たれて戦争と死の巷に化してしまった。そこで私も生命(いのち)からがら逃げなければならなかった、という次第なのだ。「ほら」と彼女は言った。勝ち誇ったような口調でだ。「まさにそれだわ。あのヘビがそれとまったく同じ冗談を言ったのよ、そしてそれを『最初のチェスナット』と呼び、天地創造といっしょの時にできたものだって言ってたわ」。ああ、私はやはり責を負うべきなのだ。私に機知の才などなければよかったのだ。ああ、あんなすばらしい考えが浮かばなければよかったのだ！

THE
1st

その翌年

私たちは、それにカインという名をつけた。彼女がそれを捕えたのは、私がちょうどエリー湖の北岸に罠猟にでかけていた留守のあいだのことだ。なんでも、森の中で捕えたのだそうだが、その森は私たちの住んでいる穴ぐらから三〇〇メートルほど離れたところにある。――もしかすると六〇〇メートルぐらいかもしれないが、彼女にはどっちだったかはっきりしないそうだ。その生きものは、いくつかの点で私たちに似ている。親戚なのかもしれない。そう彼女は考えているのだが、私の判断では、それは間違いだ。大きさの違いを見ても、それは私たちとは違った新しい種類の動物だと結論をくだすことができる。――たぶん魚かなにかだろうが、ためしに水の中へ入れてみると、そのまま沈んでしまった。彼女が飛び込んですぐに引き出してしまったので、せっかくの実験台もそれが魚かどうか決めることができなかった。私は今でも魚だと思っている。しかし彼女のほうは、それが何であるかということについては、いっこうに無頓着だ。そしてどうしても私にためさせてくれない。私には理解できないことだ。

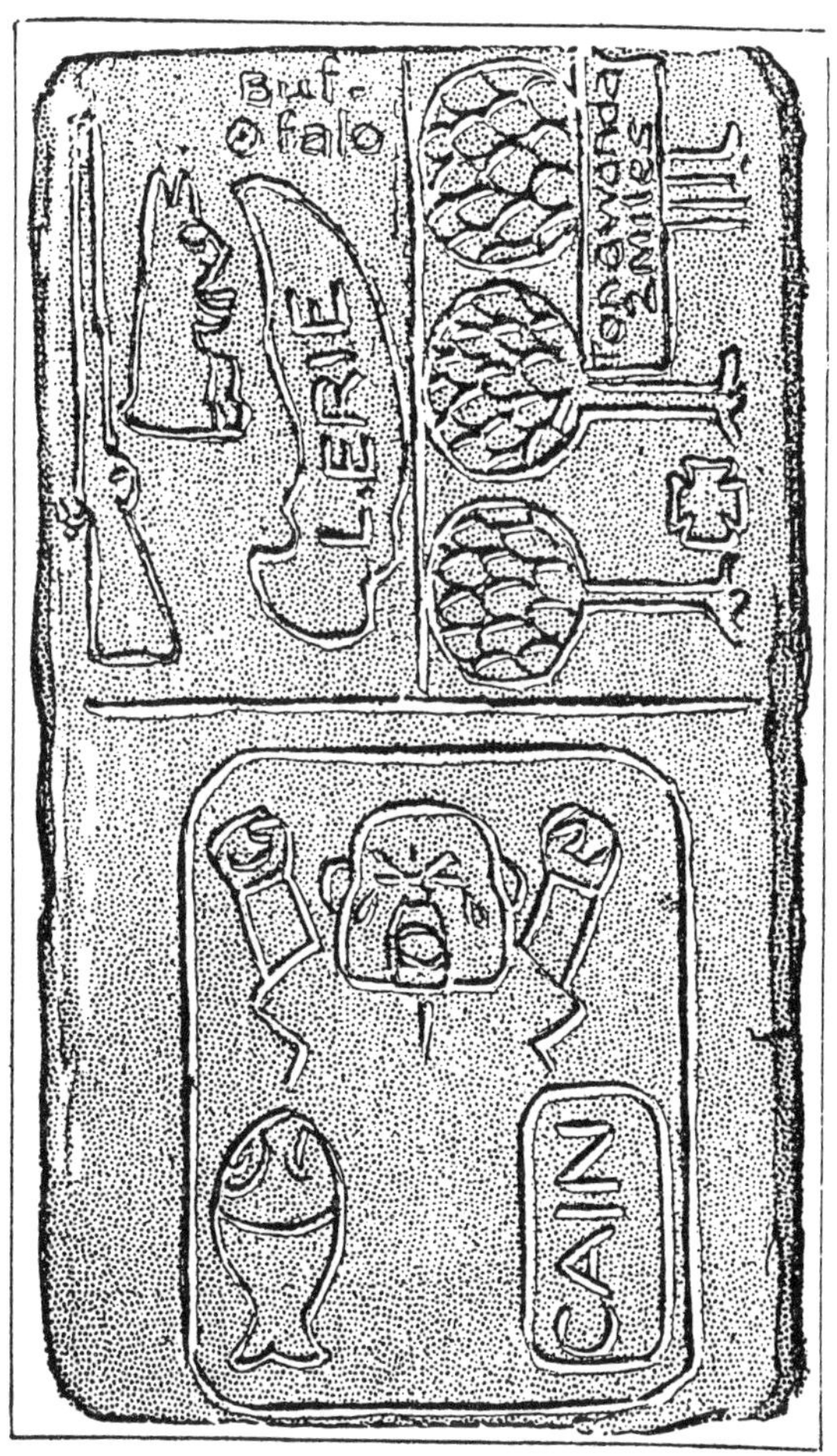
Buf-
ofalo
CAIN

この動物が来てからというもの、どうやら彼女の性質はすっかり変わってしまったようで、あれこれの実験台についても理屈にあわぬことを言うようになった。あの動物をほかのどの動物よりも大事にするくせに、なぜそうするのか説明することはできないのだ。彼女の頭は混乱している――なにを見てもそれは明らかだ。ときどき彼女はその魚を両腕にだきかかえながら真夜中ちかくまで歩きまわっていることがある。その魚がむずかって、水のところへ行きたがるようなときだ。そういうときにはいつも、例の水が、彼女の顔のあの物を見る例の場所から出てくる。そして彼女は魚の背中をそっと叩いたり、口を使ってやわらかな音を出したりして、その魚をなだめようとする。そして悲しみやら心配やらの気持ちをさまざまな仕方でもらすのだ。彼女がほかの魚にむかってこんなことをしているのは、ついぞ見かけたことがない。おかげで私は大いに悩まされている。

Strothmann

以前は彼女も小さなトラを同じように抱いては、もてあそんでいた。私たちが、私たちの土地をなくす前のことだ。しかし、その頃はただ遊びにすぎなかった。彼女は決してトラたちのことでこんなに大騒ぎをしたことはなかったのだ、彼らにやるご馳走が彼らの口にあわないときでさえも。

日曜日

彼女は、日曜日には仕事をせず、すっかり疲れきってその辺にごろごろしている。そして例の魚を自分の体の上にのせては喜んでいる。そしてばかげた音を出しておもしろがらせたり、前脚をかむまねをしたりする。すると魚は声をたてて笑う。私は、笑うことのできる魚なんて見たこともなかった。こういう点から考えると、やはり怪しくなってくる。……私自身も日曜日が好きになってきた。一週間のあいだずっと監督するということは、なかなか骨の折れることだからだ。日曜日はもっと沢山あってしかるべきだと思う。以前は日曜日なんていうものはやっかいなものだったが、今ではまことに便利なものになった。

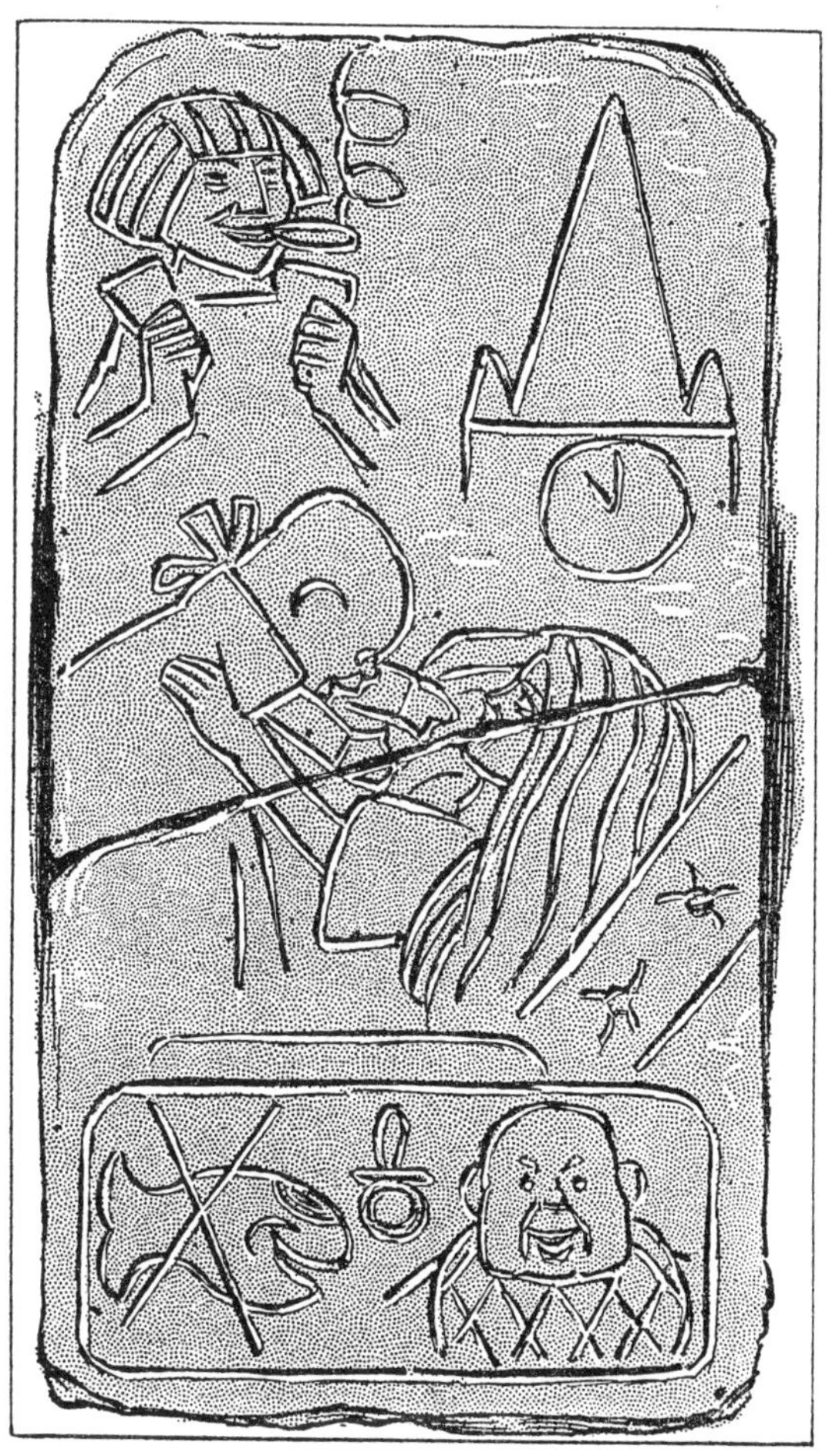

水曜日

あの生きものは魚ではない。いったい何なのか、それもよくわからない。気にいらないことがあると、奇妙なとんでもない音をたてる。そして気にいったときには、「グー・グー」という。あいつは私たちの仲間ではない。なぜなら、あいつは歩かないからだ。かといって鳥でもない、飛ばないからだ。かといってカエルでもない、跳ねないからだ。かといってヘビでもない、ニョロニョロ這(は)わないからだ。かといって、確かに魚ではないような気がする。もっとも、いまだに機会がなくて、果して泳げるかどうか確かめてはいないのだが。あの生きものは、ただその辺をごろごろしているだけだ。たいていはあおむけになっていて、脚をもちあげている。ほかの動物であんな真似をしているやつは一度も見たことがない。私は、きっとこれはエニグマだと言った[*1]。ところが彼女はその言葉をほめるばかりなのだ、どんな意味か知りもしないくせに。私の判断するところ、あの生きものはエニグマか、さもなければある種の昆虫にちがいない。死んだら体をばらばらにして、どんな組み立てになっているか、見てやるつもりだ。こんなに私をまごつかせるものは、まったく初めてだ。

＊1「不可解なもの」の意。

ENIGMA

それから三ヵ月後

まごつきはふえる一方で、少しも減りはしない。おかげで私はほとんど眠ることもできない。あの生きものは近頃ではその辺をごろごろしていることをやめ、いまでは四本の脚でそこいらじゅうを歩きまわっている。それでもほかの四本脚の動物とは違う。つまり前脚がばかに短く、そのために体の主要な部分が変なかっこうで高く宙に突っ立っているのだ。なんともパッとしない様子だ。体のつくりは私たちによく似ている。しかしその歩きかたを見ると、私たちと同じ種族でないことだけはあきらかだ。短い前脚と長い後脚とを見てもわかるが、これはまさしくカンガルー族に属するものだ。しかしそれにしても、まさに札つきの変わり種だ。本物のカンガルーならピョンピョンはねるのに、こいつはぜったいにはねないからだ。とはいえ、これは珍しくて、おもしろい変わり種だし、動物図鑑にだってまだのっていない。

発見したのが私だから、発見の名声を確保するため、これに私の名前をつけておいても差支えないような気がした。それでこの生きものを、カンガルーム・アダミエンシスと命名することにした。……この生きものは、ここへ来たときにはまだ子供だったに違いない。なぜといって、あれから後、すばらしく成長したからだ。今ではきっと、その頃とくらべて五倍も大きくなっているはずだ。そして気にいらないことがあると、初めの頃の二二倍ないし三八倍もの大きな音をたてることができるようになっている。いくら高圧的な手段にうったえても、こいつを鎮めることはできない。かえってますますつのらせるばかりだ。こういう理由から、私はこの方式を途中でやめてしまった。彼女はその生きものをなだめるのに、説得によったり、物を与えることによったりしている。以前には、絶対にいけませんなどと言っていたものを、今では与えているのだ。

Strothmann.

前にも書いておいたが、あの生きものが最初にやって来たとき、私は家にはいなかった。そして彼女に聞いたところ、森の中で見つけたとのことだった。奇妙に思えるのは、その生きものがたった一匹しかいないということだ。しかし、やはり一匹だけにちがいない。なぜなら、私はここ何週間ものあいだ、わが身をすりへらすようにして、あちこちと探しまわり、もう一匹みつけて私のコレクションをふやし、また、ここにいる一匹の遊び相手にもしてやろうと思った。そうしてやれば、きっともっと静かになるだろうし、私たちとしても、もっと楽に手なずけることができるだろうと思ったからだ。ところがただの一匹も見つからないのだ。影さえ見えない。なによりも不思議なのは、足跡がぜんぜんないということだ。あの生きものは、地面の上に住まざるをえまい。なにしろ自分の体をどうするわけにもいかないのだから。だから、足跡ものこさずにあちこちと歩きまわることなど、できるはずはないのだ。罠を一二ほどかけておいたが少しもうまくいかない。かかるのは、どれもこれもみんな小さな動物ばかりで、あの同類だけはかからないのだ。罠にかかった動物も、ただ好奇心から罠に入ってゆくといった連中なので、たぶんなんのためにそこにミルクが置いてあるのか、見ようとしただけなのだろうと思う。連中は決してミルクなぞ飲まないのだから。

Strothmann

カンガルーはまだ成長をつづけている。これはまことに不思議なことであり、当惑すべきことだ。成育にこんなにも長くかかるカンガルーなんて、私は初めてだ。いまは頭に毛をつけている。カンガルーの毛のようではなく、私たちの髪の毛そっくりのものだ。ただ違うのは、私たちのよりはもっとずっと細くてやわらかで、色も黒くなくて赤いことだ。こんな気まぐれで、わずらわしい発育をする、この分類することのできない動物学上の奇形児を見ていると、私は発狂してしまいそうだ。もう一匹でも同類を捕えることさえできたら――しかし、それは望みのないことだ。あの生きものは新しい変種であり、しかも、たった一つきりしかないサンプルなのだ。それだけははっきりしている。しかし、私は本物のカンガルーを捕えて、それを連れてきてやった。このチビが寂しそうなので、そのカンガルーを友だちにしたがるだろう、同類のものがまったくないよりはましだろう、と考えたからだ。それに、私たちのような見知らぬ者のあいだで送るその孤独な暮らしの中で、少しでも身近さを感じることができたり、同情を得ることができたりする動物を何でもいいから持ちたがっているだろうと思ったからだ。なにしろ、私たちときたら、このチビの習慣や習性も知らず、また、おまえは友だちのあいだに護(まも)られているんだよと、そう感じさせてやるのに何をしたらいいのか、それも知らないようなよそ者なのだ。

ところが、その考えは間違っていた。――チビはカンガルーを見たとたんに、大変なひきつけを起こしてしまった。だからチビは、きっとカンガルーなんて一度も見たことがないのだ。私はこのかわいそうな、やかましいチビスケを気の毒に思ったが、幸福にしてやるために私にできることは、何ひとつないのだ。こいつを飼いならすことさえできれば――だがそんなことはまったく考えられぬことだ。馴らそうとすればするほど、ますます手におえなくしてしまいそうだ。小さな嵐のように泣きわめき、怒り狂っているその姿を見ると、まことにあわれで胸が痛くなる。私はチビを逃がしてやりたいと思った。ところが、彼女はどうしてもそれを聞きいれようとはしない。それは残酷であり、いつもの彼女らしくないことのように思えた。だが彼女のほうが正しいのかもしれない。ひょっとすると、チビは今までよりももっと孤独になるかもしれない。なぜなら、この私でさえ同類を見つけてやることができないのだから、どうしてあのチビにそんなことができるだろう?

それから五ヵ月後

やはりカンガルーではない。たしかに違う。なぜってチビは彼女の指につかまりながら身を支え、そのまま後脚で二、三歩あるくが、すぐに倒れてしまうからだ。おそらく、ある種のクマなのだろう。それにしても、尻尾がない――いままでのところ、まだ見あたらない――それに毛だって、頭のところのを除けば、ほかは一本もない。それなのに相変らず成長をつづけている――これは奇妙なできごとだ。なぜって、クマならこのチビよりも早く成長をとげるからだ。クマは危険な動物だ――私たちのあの破局いらい危険な存在となっている――だからやがて私は、チビスケにこの辺を長いあいだうろつかせるときには、口輪でもかけさせねば安心できなくなるだろう。私は、もし彼女がチビを逃がしてやったらその代わりにカンガルーを捕えてきてやってもいいが、と言ってやった。しかし、それは何のききめもなかった。――彼女は私たちをあらゆる種類のばかげた危険にさらさせようと決心しているのだ、と私は思う。彼女も、発狂する前までこんなふうではなかったのだが。

それから二週間後

チビの口を調べてみた。まだ危険はない。やっと一本しか歯がないからだ。まだ尻尾も生えていない。近頃は以前よりも大きな音をたてる。——それも主として夜なかにだ。私は家を飛び出した。しかし毎日、朝になったら帰るつもりでいる。朝飯を食うためと、それから、チビの歯がふえたかどうかさぐるためだ。もし口いっぱいに歯が生えそろってきたら、その時こそ、チビをどこかにやらなくてはならない。尻尾があろうとなかろうと、問題ではない。なぜといって、クマは尻尾なぞなくたって、じゅうぶんに危険なのだから。

それから四ヵ月後

獣や魚をとるために一月ほど家をあけていた。彼女がバッファロー[*1]と呼ぶ地方へだ。なぜそう呼ぶのかわからない。その辺にバッファローがいないからだ[*2]というのなら話は別だ。留守のあいだに例のクマは、ひとりで、後脚で立って、よちよち歩くことができるようになっていた。そして「ポパ」だとか「モマ」だとか言うのだ。まったくこいつは新しい種類の動物だ。言葉がこんなによく似ているのは、もちろん、まったく偶然だろうし、それには目的や意味などまったくないのかもしれない。とはいえ、たとえそうだとしても、それはやはり驚くべきことだし、ほかのクマにはできないことだ。このように私たちの言葉を真似できるということは、体にほとんど毛のないことや尻尾がまったくないことと合わせて考えるなら、もうじゅうぶんにあきらかなことだが、これはまったく新しい種類のクマにちがいないのだ。この動物をもっと深く研究することは、すばらしく興味のわくことだろう。

＊1 「野牛」のこと。
＊2 「いないから、いるようにと祈願をこめて呼ぶようになったのなら話はわかる」の意。

SEP.
L.ERIE
Buffalo
A
Strothmann

そのうち私も北方の森林地帯へ遠征にでかけ、徹底的に調査してみようと思う。きっとどこかに同類がいるはずだ。チビも同族を仲間にできれば、危険性も少なくなるだろう。すぐさま出かけるとしよう。だが、その前に、まずこのチビに口輪をかけておこう。

N
W
E

それから三ヵ月後

まったくしんどい猟だった。それでいて獲物はまるっきりだめときている。その間、彼女のほうは、私たちの敷地から一歩も外へ出ぬくせに、また一匹、同じ奴を捕まえているではないか！　こんな幸運（つき）なんて見たこともない。この辺の森を一〇〇年、狩りまわったってかまわないが、おそらくそんな幸運に出くわすことはないだろう。

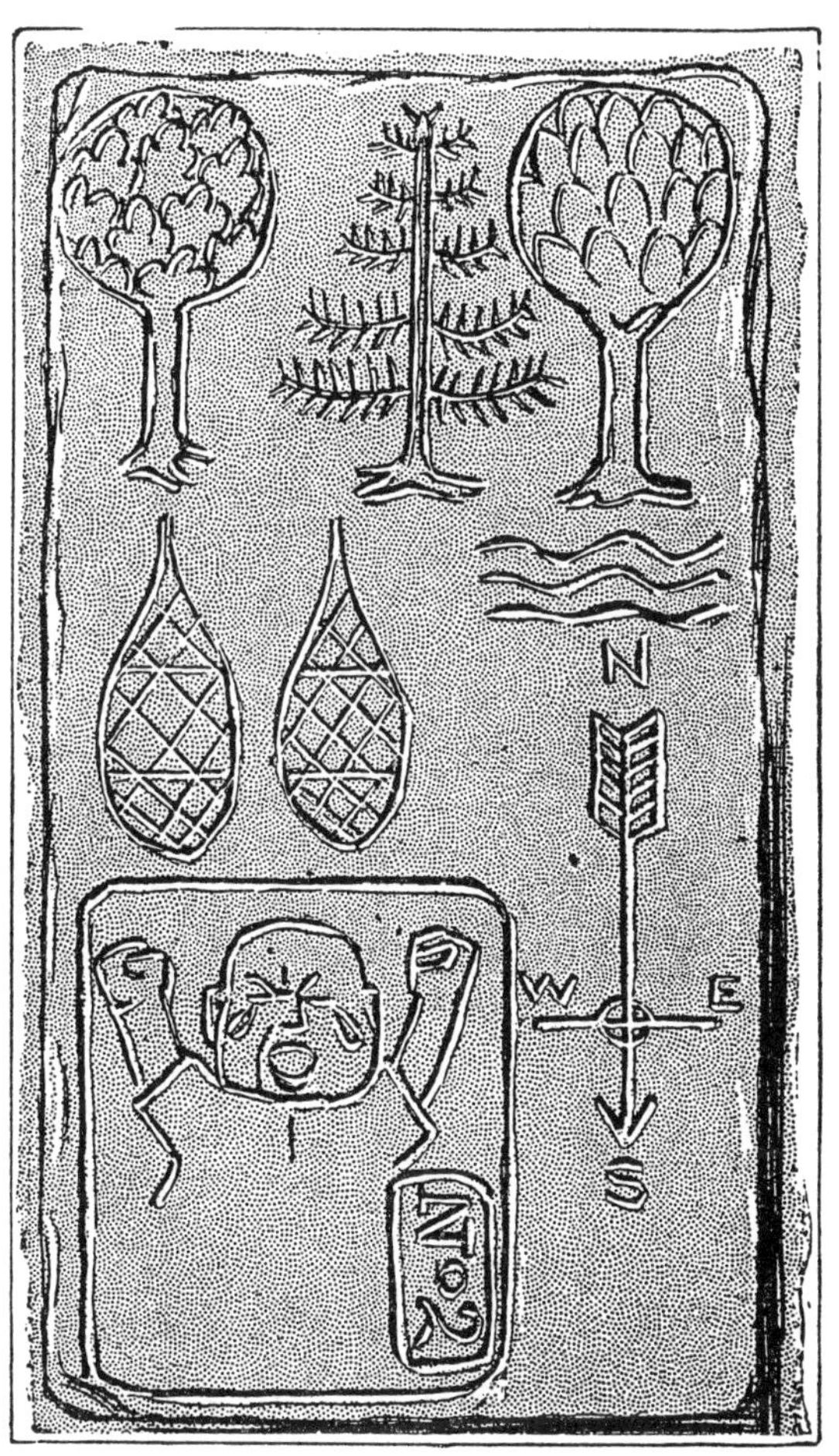
N
W
E
S
No2

その翌日

新しいやつと古いやつとを較べているが、誰の目にもはっきりしていることは、その二つともが同じ種族のものだということだ。そこで一方のやつを剥製(はくせい)にして私のコレクションにしようとした。ところが彼女はなぜかしらぬが、頭からそれに反対している。それで、私もその考えはすててしまった、すてるなんて誤りだと今でも思っているのだが。もしあの両方が逃げでもしたら、それこそ科学にとって取りかえしのつかぬ損失となるだろう。古いほうのやつは以前よりもおとなしくなり、オウムのように笑ったりしゃべったりすることができる。やつがこうしたことをおぼえたのもきっと、これまでオウムといっしょにいたからであり、また高度に発達した模倣力をもっていたからだと思う。もしやつが新しい種類のオウムだということになったら、私は胆をつぶすことだろう。とはいえ、本当はつぶさなくたっていいはずなのだ。なぜなら、このチビはもうすでに考えつくかぎりいろいろなものに変わってきたからだ、あの、魚であった最初のころから現在にいたるまでにだ。

CRACKER
CRACKER
?
Strothmann.

新しいほうのやつは今のところ、みにくい顔をしている。ちょうど古いほうのやつが最初そうだったのと同じだ。まったく同じように硫黄と生肉とを合わせたような顔色をしており、まったく同じように、毛の生えていない奇妙な頭なのだ。彼女はこいつをアベルと呼んでいる。

ABEL
Strothmann.

それから一〇年後

両方とも今では人間の男の子になっている。私たちはだいぶ前にそのことがわかった。あんまり小さく未熟な体でやってきたものだから、それで私たちは当惑したのだ。そういうことには慣れていなかったのだ。今では女の子も何人かいる。アベルはいい子だ。しかし、もしカインもクマのままでいたら、いい子になっていただろう。[*1] こうして何年かを送ってきたが、今になってみると、私はイヴのことを初め誤解していたようだ。エデンの園の外にあっても彼女といっしょに住むほうが、エデンの園の中で彼女なしに住むよりはいい。最初のうち、彼女はやたらに口数の多いやつだと思っていた。しかし今では、もしその声を押し黙らせ、私の暮らしの中から消え去らせてしまったら、私はきっと後悔するだろうと思う。どうかあのチェスナットに祝福のあらんことを。あのチェスナットこそ私たちをたがいに近づけ、この私に彼女の心のやさしさと彼女の精神の美しさとを教えてくれたものなのだから！

おわり

＊1　カインは弟アベルを殺すことになる。創世記、第四章第一―一二節参照。

イヴの日記

原典を解読せしもの

土曜日

わたしの年齢(とし)は、そろそろ満一日になる。ここへ来たのはきのうだったからだ。感じとして、どうもきのうのような気がする。それに、そうでなければならないはずだ。なぜって、きのうの前の日があるとすれば、その日がやってきたときわたしはいなかったのだし、いたとすればその日をおぼえているはずなのだもの。もちろん、その日が本当にやってきたのにわたしのほうで気がつかなかった、ということだってありうる。まあいい、これからはよく気をつけることにしよう。そしてもしきのうの前の日がやってきたら、メモに取っておくことにしよう。一番いいのは、初めをきちんとして、記録を混乱させないようにすることだ。なぜって、なにか直感のようなものが教えてくれるのだけれど、こういった細かな記録こそ、いつか歴史家にとって重要な資料となるのだもの。というのも、わたしは実験台になっているような気がするからだ。たしかに実験台のような気がする。誰もこのわたし以上に実験台になっていると感じられる者はおるまい。だから、わたしも確信をいだくようになったのだが、それでこそわたしなのであって——つまり実験台なのであって、まさに実験台そのものであり、それ以上のなにものでもないのだ。

L・R・

それなら、もしわたしが実験台だとすれば、わたしはその実験台のすべてなのだろうか？　いや、そうではないと思う。あとの実験台もその一部なのだと思う。わたしは実験台の重要な部分だけれども、あとの実験台もこれを分担しているのだと思う。わたしの地位は安全だろうか、それともよく注意し、大切にしなければならぬものなのだろうか？　たぶん後者だろう。なにか直感のようなものが教えてくれるのだけれど、絶え間なく注意することは、支配権を得るための代償なのだ。〔これはまさに名言だ、と思う。わたしのような若さのものがそう簡単に言える言葉ではない。〕

L・R・

なにもかもが今日はすばらしく見える。きのうとは比べものにならない。きのうは仕上げをいそいだためか、山の形もまだ粗雑だったし、平野もところどころガラクタやくずものでひどくごった返していて、その様子はまことになげかわしいものだった。気高く美しい芸術作品はやはり急がせてはいけない。それにしても、この壮大な新世界はまさにこの上なく気高く美しい作品だ。たしかに驚くべきほど完全に近い。時間が短かったのによくできたものだ。ある場所では星が多すぎたり、またある場所では足りなかったりしている。しかしそれもやがて直せるだろう。きっと直せる。月もゆうべはゆるんで、すべり落ち、配列の中から消えてしまった。——実に大きな損失だ。それを思うとわたしの胸ははりさけんばかりだ。いろいろな飾り物や置き物の中をさがしたって、美しさと仕上げの点であの月に匹敵するものは一つとしてあるまい。もっとしっかりとめておくべきだったのだ。もう一度あれがとりもどせたらいいのだが——

LESTER RALPH

しかし、もちろん、あの月がどこへ行ってしまったのか知るよしもない。それに、誰だって拾ったらかくしてしまうだろう。わたしにはわかるのだ。なぜって、わたしだってそうしたいと思うからだ。きっと、ほかのものだったらわたしも正直に返すことができると思う。けれども、すでにわたしにも悟(わか)りかけているのだが、わたしの性質の核心をなし中心をなしているものは、美しいものを愛する心であり、美しいものを求めてやまぬ情熱なのだ。だから、わたしに月なぞまかせておくのは安全なことではない。もしその月がほかの人のものであって、しかもその人はわたしがそれを持っていることを知らないような場合は大変なことになる。わたしだって月を昼間みつけたら、それをあきらめることはできるだろう。なぜなら、誰かに見られていやしないかと思うからだ。しかし暗がりの中で見つけたら、きっと何か言いわけを考えて月のことはひとことも言わずにそのまま自分のものにしてしまうだろう。なぜって、わたしは本当に月が好きだからだ。とても美しくとてもロマンチックなのだもの。月が五つも六つもあればいいと思う。そしたら決して寝床などに入りはしない。いつまでも飽きることなく、苔(こけ)の堤に身を横たえて、それらの月を眺めていることだろう。

星もまたすばらしい。少し取って髪につけることができたらと思う。でもたぶん、できっこないだろう。星というものはとても遠いところにあるのだということがわかったら、みんなびっくりするはずだ。なぜって、そんなに遠くにあるようには見えないのだもの。ゆうべ、星がはじめて姿を見せたとき、わたしはそのいくつかを竿で叩き落とそうとしてみた。でも竿はとどかなかった。わたしはびっくりした。そこで土くれを投げてみた。へとへとになるまでやってみたが、星は一つも取れなかった。それは、わたしが左ぎっちょで、うまく投げられなかったからだ。ほしくないほうにねらいをつけたときでさえも、ほしいほうに当てることはできなかった。何度かは、もうちょっとというところまでいったのだけれども。なぜって、見ていると、黒くしみのような土くれが金色の房の真中に四〇回も五〇回も飛んでいっては、ほんのわずかな差ではずれているからだ。もう少し頑張っていられたら、一つぐらいは取れたかもしれない。

L·R

だからわたしは少し泣いた。それは当然のことだ、と思う。わたしのような年頃のものにとってはあたりまえのことだもの。やがてわたしは、少し休んでから、バスケットをもって大きな輪のいちばん縁のところを目ざして歩きはじめた。そこなら星も地面の近くにあるから、わたしだって素手で取ることができるからだ。とにかく、手で取るほうがよさそうだ。なぜって、そうすれば星を集めるにもそっと摘み取ってやることができるし、傷めずにすむからだ。でも、その場所は思ったよりも遠かった。それでとうとうあきらめなければならなかった。すっかり疲れてしまって、足をひきずってさえ、もう一歩もあるくことができなくなった。おまけに足がすりむけてしまい、ひどく痛んだ。

わたしはひきかえすこともできなかった。あまりにも遠かったし、それに寒くもなってきたからだ。でもトラたちを見つけたので、その中にもぐり込んだ。実にすばらしく居心地がよかった。彼らの息は甘く、気持ちよかった。彼らはイチゴを常食にしていたからだ。わたしはトラを見たのはこのときが初めてだったけれど、見たとたんにトラだということが、その縞模様(しまもよう)から、わかった。あの毛皮を一つでも手に入れることができれば、すばらしいガウンになるのだけれど。

今日は距離のこともよくわかってきた。わたしは美しいものを見ると無性に手に入れたくなって、そのため、ついふらふらと手を出してしまうのだ。ときにはそれがとんでもないほど遠くのものであったり、ときには一五センチしか離れていないものが三〇センチも離れているように思えたりするのだ。——しかもああ、その間には茨があったのだ！　おかげでわたしは教訓を学んだ。そのうえ格言を一つつくった。わたし一人の頭でだ——わたしのそれこそ初めての格言だ。つまり、ひっかかれた実験台は茨を避ける。わたしのような若いものにしてはなかなか立派な格言だと思う。

L・R

わたしはもう一つの実験台の後をつけまわした。きのうの午後のことだ。少し離れてついていったが、それはあの実験台が何のために存在しているのか、できることなら調べてみようと思ったからだ。しかし、はっきりさせることはできなかった。あれは男というものだと思う。男なんてそれまで見たこともなかったが、あの様子はどうも男のようだった。だからきっとあれの正体は男なのだと思う。ふと気がついたことだけれど、わたしがあれに対して抱く好奇心は、ほかのどの爬虫類に対して抱く好奇心よりも強い。それは、もしあれが爬虫類だとしての話なのだが、そして、わたしもやはりあれは爬虫類なのだと思う。なぜって、あれはうすぎたない毛を生やし、青い目をしていて、その様子たるやまさに爬虫類そっくりだからだ。お尻がなく、体はニンジンのようにすうっと細くなっている。立ちあがるときは、ニューッと起重機みたいに体をのばす。だから、わたしは爬虫類だと思うのだ。あるいは、建築物なのかもしれないけれど。

L·R

わたしは初めのうち、あれが怖かった。それでこちらを向くたびに逃げだしていた。わたしを追いかけてくるように思えたからだ。しかしそのうちに気がついてみると、あれは自分のほうで逃げようとしていただけなのだということがわかった。そこで、それから後はわたしもおどおどしなくなり、後をつけはじめるようになった。何時間にもわたって、二〇メートルほど後からついてゆくのだ。するとあれはいらいらしだし、不機嫌になった。そのうちにとうとうひどくうるさがって、木にのぼってしまった。わたしはずいぶん長いこと待っていた。が、そのうちにあきらめて、帰ってきた。

今日も同じことをくりかえした。そしてあれをまた木の上にあげてしまった。

L.R.

日曜日

あれはまだ木の上にいる。体をやすめているのだ。どう見たってそのように見える。でも、それはごまかしだ。なぜって、日曜日は休息の日ではなく、土曜日こそ休息に定められている日だからだ。どうもあれは、ほかのどんなことよりも休息に興味をもっている生きもののように見える。わたしだったら、そんなに休息していたら疲れてしまうだろう。木の近くにすわって番をしているだけでも、わたしは疲れるのだ。いったい、あれは何のために存在しているのだろう。あれが何かしているのをわたしは見たことがない。

彼らはゆうべ月を返してくれた。わたしはとても嬉しかった！　彼らはたいへん正直なのだと思う。だから、月はまたすべって落ちてしまったけれども、わたしは別に悲しまなかった。ああいう種類の隣人がいるかぎり、心配する必要はないのだ。また返してくれるだろう。何かしてあげて、お礼の気持ちが表わせたらと思っている。星を少しばかり送ってあげたい。なぜって、わたしたちは使いきれないほどたくさん持っているのだもの。いや、「わたしたちは」ではなくて「わたしは」と言ったほうがいい。なぜって、どうもあの爬虫類はこういうことにはぜんぜん関心がなさそうだか

らだ。

あれは低級な趣味の持主だし、心もやさしくはない。ゆうべも薄明りの中をあそこへ行ってみると、いつのまにか木からおりて、まだらな模様のかわいい魚たちを捕えようとしていた。せっかく池の中で遊んでいるのにだ。そこでわたしは仕方なくあれに土くれを投げつけて、もういちど木の上に追いあげ、魚たちをそっとしておくようにしてやった。あんなことをするのがあれの存在している理由なのだろうか？　あれには心というものがないのだろうか？　ああいうかわいい生きものに対して、少しも同情心がわかないのだろうか？　いったいぜんたい、あれが考案され製造されたのは、こういう手荒な仕事をさせるためだったのだろうか？　そういえば、あれはそんな顔つきをしている。土くれの一つがあれの耳のうしろに当たった。するとあれは、言葉を使った。[*1]わたしはぞっとした。なぜなら、そのとき初めて言葉というものを聞いたからだ、わたし自身の言葉は別だけれども。わたしはその言葉がよくわからなかった。でもなにか意味深長なもののように思えた。

＊1　原文には「あくたいをつく」の意味もある。

あれもしゃべることができるのだとわかったとき、わたしはあれに対して新たな興味をおぼえた。なぜなら、おしゃべりは大好きだからだ。わたしはよくしゃべる。朝から晩までしゃべっている。そして寝てからもだ。それにわたしのおしゃべりはとても面白い。でも、おしゃべりの相手ができたら、その倍も面白くできる。そして決して途中でやめるようなことはしないつもりだ。もっとも、それはそういうご希望があればのことだけれども。

この爬虫類が男だとしたら、あれなどと呼んではいけないのではなかろうか。文法的には間違いなのではなかろうか。彼とでもいうことになるのだろう。わたしはそう思う。そうなれば、文法的に解剖すると、こんなふうになるはずだ。つまり、主格は「彼は（ヒー）」、目的格は「彼を（ヒム）」、所有格は「彼の（ヒズン）」[*1]だ。とにかくわたしはあれを男と考え、何かほかのものだとわかるまでは、あれを彼と呼ぶことにしよう。そのほうがずっと便利で、いろいろと多くの不確かな名で呼ぶよりもいいからだ。

＊1「ヒズン」(his'n)は「ヒズ」(his)の古い形。

L·R

次の週の日曜日

一週間のあいだずっと彼の後につきまとって、知りあいになろうと努めた。わたしばかりおしゃべりをしなければならなかった。というのも、彼は恥ずかしがりやだったからだ。でもわたしはかまわなかった。彼の様子を見ていると、わたしがそばにいるのを喜んでいるようだった。それでわたしも、親しみやすい「わたしたち」という言葉を大いに使ってやった。なぜって、彼には得意に思えるらしいからだ。自分がその中に入れてもらえるということがだ。

LESTER RALPH・06

水曜日

わたしたちもこの頃はかなりうまくいっている。そしてだんだんと知りあいになってきた。彼はもうわたしを避けようとはしていない。これはよい徴候だ。それにわたしをそばに置いておきたいと望んでいる証拠でもある。わたしには嬉しいことだ。それでわたしも、できるだけいろいろなことで彼のために役立つように努めている。そうすれば彼の関心をますます高めることになるからだ。この二、三日のあいだ、わたしは物に名前をつける仕事をみんな引き受けて、彼の手をわずらわさぬようにした。彼にとっては大助かりのはずだ。なぜって、彼はそういう仕事にはまったく才能がないからで、どうやら大いに感謝してくれているらしいのだ。もともと彼には合理的な名前を考え出して自分の面目を保つなぞということはできはしない。しかしそういう彼の欠点にわたしが気がついているなぞということは、わたしも彼に悟らせないようにしている。だから新しい生きものに出遇ったときは、いつでもわたしがすぐに名をつけてしまい、彼がぐずぐずして自分の欠点を気まずい沈黙でさらけ出さずにすむようにしてあげるのだ。

こんなふうにして、わたしは彼がきまりの悪い思いをするようなところを、何度も助けてきた。わたしには彼のような欠点はない。目を動物に向けたとたんに、それが何だかわかるのだ。考える必要など少しもない。うってつけの名がすぐに出てくるのだ。それはまるでインスピレーションのようなのだ。いや、疑いもなく、それはまさにインスピレーションなのだ。なぜって、確かにその名前は三〇秒ばかり前にはわたしの頭の中にはなかったものだからだ。どうやらわたしには、その生きものの形と動き方とで、それがどんな動物なのかわかるらしいのだ。

L·R

ドードー鳥がやってきたときでも、彼はそれを山ネコだと思った。——思ったということは彼の目を見てわかったのだ。でもわたしは彼を救ってやった。そして自分でもじゅうぶん注意して、それをやるにも彼のプライドを傷つけないような方法をとってやった。つまり、ごく自然な調子で叫んだのだ。楽しい驚きごとに見舞われたといったような様子をして、かりそめにも相手に知識を与えようなどと考えている様子は見せずに、こう言ったのだ、「まあ、どうでしょう、あれドードー鳥じゃありませんか！」。それから説明してあげたのだ——もちろん説明しているなんていう様子はおくびにも出さずにだが——どうしてわたしにそれがドードー鳥だとわかったか、ということをだ。すると彼は、自分がその動物を知らないのにわたしが知っているということで、どうやら少し不機嫌になっていたらしいのだが、それでもやはりわたしに感心していたことは、どう見てもあきらかだった。それはすごく愉快なことだった。それで、わたしは寝る前に一度ならず思い出しては喜んでいた。どんな些細(ささい)なことでも、それを自分の力でかちとったのだと感じるときには、なんて楽しい気持ちになることだろう！

L R

木曜日

わたしの初めての悲しみ。きのう彼はわたしを避けた。そして、わたしに話しかけてもらいたくないような様子をした。そんなことは信じられないことだった。なにか誤解があるのだと思った。なぜなら、わたしは彼といっしょにいることが大好きだし、彼の話を聞くのが大好きだったからだ。彼がわたしに冷たい気持ちを抱くようなことがどうしてありうるのだろう、わたしは何もしたわけではないのに？　しかし、やはりそれは本当らしかった。それでわたしはその場を去って、ひとり寂しくここにすわった。ここはわたしたちが創(つく)られた朝、初めて彼に会った場所で、そのときわたしは彼が何ものだかわからず、彼に対して無頓着にしていた場所だ。しかし今は悲しみの場所であり、どんなつまらぬものも、その一つ一つが彼の思い出を語っていた。そしてわたしの胸は、はげしく痛んだ。なぜなのか、あまりはっきりとはわからなかった。なぜって、それは初めて知る感情だったからだ。そんな感情はこれまで経験したことがなかった。だからそれはまったく不可思議なものだった。わたしにはどう解釈していいかわからなかった。

L・R

しかし夜がくると、わたしは寂しさにたえられなくなった。そこで、彼がたてた新しい小屋に行って、わたしがどんな悪いことをしたのか、そしてどのようにすればそれをつぐない、彼のやさしい気持ちをとりもどすことができるか、それを尋ねてみようとした。ところが彼は、わたしを雨の中に追い出した。これがわたしの最初の悲しみだったのだ。

L · R

日曜日

今はまた天気もよくなり、わたしの心も晴ればれとしている。しかしこの数日間は重くるしい毎日だった。その日のことは、考えないですむことなら、考えないようにしている。

彼のために例のリンゴを少しばかり取ってあげようとした。でも、どうしても土くれが真直ぐに投げられないのだ。何度やってもだめだった。でも、この誠意だけは彼も喜んでくれたと思う。あのリンゴは禁制のものだ。そして彼の言うには、わたしは憂き目をみるだろうということだ。でも彼を喜ばすためにわたしが憂き目をみるというのなら、なんでこのわたしがそんな憂き目を気にしようか?

月曜日

今朝、彼にわたしの名を教えてあげた。きっと興味をもつだろうと思ったからだ。けれど彼は、気にもかけなかった。奇妙なことだ。もし彼が自分の名をわたしに教えてくれたなら、わたしは、嬉しい。きっとその名はわたしの耳にこころよく響くことだろう。ほかのどんな音も比べものにならぬはずだ。

彼はほとんど口をきかない。たぶん、あまり利口ではないので、自分でもそのことが気になり、それをかくしておきたいと思うからなのだろう。彼がそんな気持ちをいだくなんて、実に気の毒なことだ。なぜなら、頭のよしあしなんて問題ではないからだ。心の中にこそ本当の値打ちは存在するからだ。わたしは、彼に理解させることができたらと思うことがある。それは慈愛にみちた善良な心こそ富なのであり、これ以上の富はないのであって、そうした心がなければ知性は貧困なのだ、ということだ。

彼はほとんど口をきかないけれども、かなり沢山の言葉は知っている。今朝なぞ、びっくりするほどうまい言葉を使った。どうやら自分でもうまい言葉だと気がついていたようだ。なぜなら、それから後で、二回もその言葉を話の中に入れて使ったからだ。それもさり気ない調子でだ。その調子はあまり上手なさり気なさではなかったが、

それでもその調子を見れば、彼がある程度の鑑識力をもっているということがわかる。きっと、その種子は芽を出させることができるだろう。もし上手に育ててやればの話だが。

それにしても、彼はあの言葉をどこでおぼえたのだろう？　わたしは一度もそんな言葉を使ったおぼえがないのだけれど。

たしかに、彼はわたしの名前に少しも興味をもたなかった。わたしは自分の失望をかくそうとしたが、どうもうまくいかなかったらしい。わたしはその場を去って、例の苔の堤に腰をおろし、両足を水につけた。そこは、わたしが相手がほしくてたまらなくなったとき、いつも行くところなのだ。じっと見つめていることのできる相手、話しかけることのできる相手がほしいときにだ。それは相手としてじゅうぶんだというわけのものではない——ただ美しい真白な体が池の中に描かれているだけなのだ——でも、それは何かのたしにはなる。そして何かのたしになるということは、まったくの孤独よりはましだ。わたしが口をきけば、それも口をきく。わたしが悲しめば、それも悲しむ。同じ心でわたしを慰めてくれるのだ。そしてこんなことも言ってくれるのだ、「気をおとしてはだめよ、お友だちのいないかわいそうな娘さん。わたしがお友だちになってあげますからね」。本当にそれはわたしにとってすばらしい友だち

だ。わたしのただ一人の友だちだ。わたしの妹だ。

その彼女がわたしを初めて見捨てたあの時！　ああ、わたしはあの時をいつまでも忘れないだろう――いつまでも、永遠に。わたしの胸は体の中で鉛のように重かった！　わたしは言った、「彼女はわたしのすべてだった。それが今では消えてしまった！」。それから絶望のあまりこう言った、「破れてしまえ、わたしの胸よ。もうこれ以上わたしは人生に堪えていけないのだから！」。そしてわたしは顔を両手でおおった。もう何ひとつ慰めはなかった。ところが、しばらくして両手をどけてみると、彼女がまたそこにいたのだ。真白な体にあかるく顔をほころばせ、美しい姿で立っているのだ。わたしは思わず彼女の腕の中にとびこんだ！

それはまったくの幸福感だった。幸福感は前にも味わったことがあったが、それはこんなふうではなかった。これは、まさにエクスタシーだった。わたしはそれ以後、決して彼女を疑うことはなかった。ときどき彼女がいなくなることはあった——たぶん一時間ぐらいか、あるいはまる一日ちかいこともあったろうか。でもわたしは待っており、疑いはしなかった。わたしはこう言った、「あのひとは忙しいんだわ。さもなければ、旅に出たんだわ。でもきっと帰ってくるわ」。そしてそのとおりだった。彼女はいつも帰ってきてくれた。夜は、真暗なときには、来てくれなかった。というのも、彼女は臆病な小娘だったからだ。でも、月が出ていれば、必ず来てくれた。わたしは暗やみなんかこわくはなかった。でも彼女はわたしよりも年齢（とし）が若いのだ。わたしより後で生まれたのだもの。何度も何度もわたしは彼女を訪れた。彼女はわたしの慰めであり、わたしの隠れ家なのだ、わたしの毎日がつらいときには。——そして、わたしの毎日はたいていそうだったのだ。

火曜日

　午前中はずっと仕事をして土地の手入れにあたっていた。そして、わざと彼には近づかないようにしていた。彼のほうで寂しくなって、そのうちにやって来るだろうと思ったからだ。しかし彼は、来なかった。

　昼ごろ、わたしはその日の仕事をきりあげて、レクリエーションをはじめた。蜜バチやチョウといっしょにそこいらじゅうを跳びまわり、あちこちの花を楽しむのだ。この美しい花々こそ、あの大空からふりそそぐ神の微笑をつかまえて、それを大切にもちつづけようとするものなのだ！　わたしはその花を摘んで、花環や花冠を作り、それらを身にまとって、昼食をした――もちろん、リンゴだ。それから木陰に腰をおろして、心のうちで願い、そして待った。しかし彼は、来なかった。

　でもそんなことはかまわない。来たからといって別に何も起こりはしないのだ。なぜって彼は花なぞには関心がないからだ。花のことをがらくたものと呼んでいるし、それぞれの花の区別もつかないし、そう感じるほうが偉いのだなぞと考えているのだ。彼はわたしにも関心がないし、花にも関心がなく、夕方のあの真赤に色をぬった空にも関心がない――いったい彼が関心をもっているものなんてあるのだろうか。あるの

LR

はただ、掘立て小屋をつくってその中にとじこもり、あのすばらしく清らかな雨を避けることと、メロンをぽんぽんと叩いたり、ブドウを試食してみたり、木になっている果実をいじってみたりして、そういう自分の財産の出来ぐあいがうまくいっているかどうか、それを確かめることだけなのではないだろうか？

わたしは乾いた木の小枝を地面において、別の小枝でそれに孔（あな）をあけようとした。それはわたしが以前から考えていたある計画を実行するためだった。ところが間もなく、わたしは大変な恐怖に襲われた。うすい、透けて見えるような、青みがかった膜が、その孔の中から立ちのぼってきたのだ。わたしは何もかもほうり出して逃げた！それはなにかの霊なのだと思った。わたしは本当にそれほどおびえていたのだ！しかし後ろを振り返ってみた。だがそれは追いかけてはこなかった。それで岩にもたれかかって、体をやすめ、胸をどきどきさせていた。手足もしばらくのあいだはぶるぶると震えていたが、そのうちにようやくおさまってきた。そこでわたしは用心深くそっともどっていった。油断のない足どりで、じっと目をすえながら、そしていざというときにはすぐ逃げだせるようにしてだ。近くまで来たとき、わたしはバラの小枝をかきわけて、そっとのぞいてみた——どこかその辺にあの人がいて、わたしのこの様子を見ていてくれたらと思いながらだ。そのときのわたしはそれほど頭がよく、美し

L-R

い様子をしていたはずだったからだ――ところがあの妖精はいつのまにか消えていた。その場に行ってみると、一つまみほどのやわらかなピンク色の埃が例の孔の中にあった。わたしは指をつっこんでそれにさわろうとした。そして痛い！　と言って指を抜き出した。それはひどい痛みだった。それで、その指を口の中に入れた。そして初めは一方の足でそれからまたもう一方の足で、という具合にかわるがわるの足で立ちながら、ぶつぶつ言っていたら、そのおかげでやがてわたしの苦しみもやわらいできた。するとわたしの胸は好奇心でいっぱいになり、すぐさまわたしは調査にとりかかった。

わたしの知りたかったのは、まずそのピンク色の埃が何であるかということだ。と、突然そのものの名前が頭に浮かんできた。とはいえ、そんなものはこれまでに一度も聞いたことはなかったのだ。その名前は、火だった！　わたしはそれに確信をいだいた。人がこの世のどんなものに確信をいだこうと、わたしはそれ以上に強い確信をいだいたのだ。そこで、何のためらいもなく、わたしはそれにその名をつけた。

――つまり、火なりと。

わたしは、以前には存在しなかったものを創り出したのだ。一つの新たなるものを、この世の数えきれぬ財産につけ加えたのだ。わたしはこのことを悟った。そしてわたしのこの偉業を誇らしく感じた。そこで、走っていって彼を見つけ、そのことを話してあげようと思った。そうすれば、彼のわたしに対する尊敬の念も高まるだろうと考えたからだ。——でも、わたしは考えなおした。そしてやめることにした。そう——彼はそんなものには関心をもたないだろう。そんなもの、なんの役にたつのかと聞くだろう。そしたらわたしはなんと答えたらいいのだろう？　なぜなら、もしそれが何かの役にたつものではなく、ただ美しい、単に美しいというだけのものだったとしたら——

そこでわたしは溜息をついた。そして、行くことをやめた。なぜなら、火はなんの役にもたたなかったからだ。掘立て小屋をたてられるわけでもなし、メロンを改良できるわけでもなし、果実の穫り入れを早くすることができるわけでもなかった。火なんて無用なものだった。ばかげたものだし、くだらぬものだった。彼はそれを軽蔑し、辛辣なことを言うだろう。でも、わたしにとって火は卑しむべきものではなかった。だから、わたしはこう言った、「おお、なんじ火よ、われなんじを愛す。優雅なる桃色の君。なにゆえなら、なんじはかくも美しきがゆえに——ただそのことのみにて足りるがゆえに！」と。そしてその火を胸にかき抱こうとした。しかしわたしはやめた。そして、またひとつ格言を考え出した。もっとも、これはあの最初の格言にかなりよく似ていたので、あれをただ写しただけではないかというような気がしないではなかったけれども。つまり、「やけどした実験台は火を避ける」というのだ。

L·R

わたしはまた、いっしょうけんめいに創った。そして、たくさんの火の埃ができあがると、片手いっぱいにつかんだ茶色の枯れ草のなかにそれをのせた。家に持っていって、飼っておき、それと遊ぼうと思ったからだ。ところが、風があたると、それは急に体をおこして、烈しくわたしにとびかかってきた。そこでわたしはそれを投げすてて逃げだした。ふりかえってみると、青い妖精がそそり立っていて、それが雲のようにひろがりながら消えていった。と、とたんにわたしの頭にその名前が浮かんできた。——煙だ！——とはいえ、誓ってもいいが、わたしは煙なぞというものはそれまで一度も聞いたことがなかったのだ。

やがて、明るい黄色と赤のメラメラしたものがその煙の中からとび出してきた。そこでわたしはそれにもすぐに名前をつけた——炎だ！——そしてこれもわたしは正しかった、これこそ世界で最初の炎だったのだけれども。その炎はあたりの木によじのぼっていった。そして、大きな体をますます大きくしながらかけあがってゆくあの煙の中や外で、すばらしいきらめきを見せた。わたしは手をたたいたり、笑ったり、躍ったりして、大喜びしないではいられなかった。それほど新しく珍しいもので、それほどすばらしく、それほど美しいものだったからだ！

LR

彼はとんで来た。そして足をとめると、目をみはった。そしてしばらくのあいだ、一言も口をきかなかった。それから、それはなんだと尋ねた。ああ、仕様のないことに彼はそんなふうに露骨に質問をしてしまったのだ。わたしは、もちろん、答えざるをえなかった。それで、答えた。それは火というものだと言った。わたしにはわかっていて、彼は尋ねなければわからないということが彼をいらだたせたとしても、それはわたしの罪ではなかった。わたしには彼をいらだたせたいなどという気持ちは少しもなかったからだ。しばらくして彼は尋ねた。

「どうやってあれは出てきたのだ?」

またしても露骨な質問だ。だから、やはり露骨な答えをしなければならなかった。

「あたしが創ったのよ」

火はだんだん遠くへ移っていった。彼は焼け跡の近くまで行って、そこで足をとめ、じっと見おろしていたが、そのうちにこう言った。

「こいつらは何だ？」

「炭よ」

彼は一つ拾いあげてよく調べてみようとした。しかし気が変わったのか、またもとのところにおいた。それから向こうへ行ってしまった。なにひとつ彼の興味をひくものはないのだ。

でもわたしは興味をひかれた。そこには灰があった。ねずみ色をしていて、やわらかな感じの、こわれやすそうな、美しいものだ。――わたしにはそれが何であるかすぐにわかった。それに、燃えさしもあった。わたしはその燃えさしもわかった。それから、リンゴも見つけた。それをかき出したが、嬉しかった。なぜなら、わたしは年齢も非常に若く、食欲が旺盛だったからだ。

でも、がっかりした。リンゴはどれもこれもぱっくり口をあけて、台なしになっていたからだ。ところが台なしになっていたのは外見だけで、実際はそうでもなかった。それは生のリンゴよりもおいしかった。火は美しい。そのうちきっと役にたつものになるだろう、と思う。

L・R

金曜日

また彼に会った。ちょっとのあいだだ。この前の月曜日の夕方だったが、ほんのちょっとのあいだだった。わたしは、屋敷の手入れをしてあげているので彼がほめてくれるだろうと思っていた。なぜなら、わたしとしては善意からしていたことだし、しかもいっしょうけんめいにやっていた仕事だからだ。ところが彼は喜ばなかった。そしてくるりと向うをむくと、そのまま行ってしまった。彼はもう一つ別な理由でも機嫌をそこねた。それは、わたしがまた彼を説きつけてあの大滝わたりをやめさせようとしたからだ。というのも、あの火がわたしに一つの新しい激情を教えてくれたからだ。——それはまったく新しいものであって、愛とか悲しみとかそのほか今までわたしが発見したようなものとは、はっきりと違っているものなのだ。——つまり、恐怖なのだ。そしてそれは恐ろしいものだ！　——そんなもの、発見しなければよかったと思う。それはわたしに暗い瞬間を与えるし、わたしの幸福を台なしにするし、わたしをびくつかせ、ふるえさせ、おののかせるからだ。しかしわたしは彼を説きふせることができなかった。なぜなら、彼はまだ恐怖というものを発見していないからだ。だから彼はわたしの言うことが理解できなかったのだ。

アダムの日記から

たぶん私としては、彼女がまだ非常に若く、ほんの小娘にしかすぎないということを念頭において、いろいろと手心を加えてやらねばならぬだろう。彼女は物珍しさと熱心さと快活さのかたまりであって、この世は彼女にとってはまさに魅惑であり、驚異であり、神秘であり、歓喜なのだ。新しい花を見つけると、嬉しさのあまりまともに口をきくこともできなくなって、その花をかわいがったり、愛撫(あいぶ)したり、匂いをかいだり、話しかけたり、愛くるしい名をあれこれと浴せかけたりしないではいられなくなるのだ。それに彼女は色彩に対してはまるで気ちがいだ。褐色の岩、黄色い砂、灰色の苔、緑の葉、青い空などを見てもそうだし、夜あけのあの真珠色、山々にかかる紫の影、日暮れどきの真紅の海に浮かぶ金色の島、こまかくちぎれた雲のあいだをすべってゆく青白い月、空の荒野にきらめく星の宝石——こんなものは、私の見るかぎり、どれひとつとして実用的な価値などありはしない。それなのに、それらのものが色彩をもち、威厳をもっているからというだけで、彼女にとってはもうじゅうぶんなのだ。そして理性を失って

しまうのだ。もし彼女が静かになってそのまま二分間ほどじっとしていることができたとしたら、それは平穏な光景となるだろう。そうなれば、彼女の姿を見ていても楽しい気持ちでいられると思う。いや、確かにそうだと思う。なぜなら、このごろようやく気がついてきたことなのだが、彼女は実にずばぬけてみめうるわしい生きものだからだ。――しなやかで、すらりとしていて、小ぎれいで、ふくよかで、姿かたちがよく、敏捷で、しかも優雅なのだ。あるとき彼女は大理石のように真白な姿で、全身に陽の光を浴びながら、丸い岩の上に立っていた。そして若々しい頭を後ろにそらし、片手を目の上にかざして、空とぶ鳥の姿をじっとみつめていた。そしてそのとき私は知ったのだ、彼女は美しい、と。

月曜日の昼。――もしこの地球上に、彼女が興味をもたないものがあるとすれば、そういうものは私のリストの中にはない。私が興味を感じない動物はいろいろとあるが、彼女の場合はそういうことがない。彼女は識別がまるっきりなく、すべての動物に心をひかれ、どれもこれもみな宝物だと考えている。そして新しい動物をみつければ、なんでも喜んでむかえてしまうのだ。

　あの巨大なブロントサウルス[*1]がのっしのっしと野営地に入ってきたときでも、彼女はそれをもっけの幸いだと考えた。私は、もっけの災いだと思った。これこそ、われわれ二人の物の見方において、そのすみずみにまでゆきわたっている調和の欠如のよい見本なのだ。彼女はこの動物を飼いならしたいと言った。私は、そいつにこの家屋敷をプレゼントしてどっかへ引っ越して行きたいと言った。彼女は、やさしく扱ってやればきっとうまく手なずけることができるし、頃合いのペットになるから、と言った。そこで私も言った。いくらペットだって七メートルも高さがあり、二五メートルも長いやつは、屋敷の近くに飼っておくのに適当なしろものとは言えぬだろう、第一、またとないほどの善意をもち、なにひとつ危害を加えるつもりがなくても、あいつはこの家の上に腰をおろして、ぐしゃりとやってしまうことだってあるのだ、なぜなら、あの目つきを見れば誰にだってわかるが、あいつはポーッとしたでくのぼうだからだ、と。

＊1　「雷竜」。アメリカ、ジュラ紀の恐竜の一種。

それでもまだ、彼女の心はあの怪物を飼うことに執着していて、どうしてもあきらめきれなかった。あれを飼えば酪農（らくのう）を始めることができるではないか、と言った。そしてあれの乳をしぼる手伝いをしろと言うのだ。しかし私はごめんだ。あまりにも危険が多すぎる。牝か牡かの問題だって正しくはなかった。それに、いずれにしろ、私たちには梯子（はしご）がなかった。そのうち、彼女はこの怪物の背に乗って、あたりの景色を見物に行きたいと言いだした。九メートルか一二メートルもあるこいつの尻尾が地面に横たわっていた。ちょうど倒れた木のようにだ。彼女はそこからよじのぼって行けるだろうと考えた。だがそれは考えちがいだった。急な勾配（こうばい）のところまで行ったとき、怪物の体があんまりつるつるしていたので、彼女はもんどりうって落ちてきた。そして、とうぜん怪我をするところだったが、私がいたので助かったのだ。

　これで彼女も納得しただろうか？　いや、とんでもない。彼女を納得させるものがあるとすれば、それは実物教育だけだ。実証されていないような理論は、彼女の性（しょう）にはあわないのだ。だからそういう理論は決して受け入れようとはしない。それは正しい精神だ。私もそれは認める。それは私の心をひきつけさえする。私はその影響力を感じてもいる。彼女ともっといっしょにいたら、きっと私自身そ

L·R

の精神を身につけるようになるだろうと思う。ところで、彼女はこの巨大な怪物についてもう一つ理論をもっていた。もし私たちがこの怪物を手なずけ、気やすい仲間にすることができたら、この怪物を川の中に立たせて橋の代りに使うことができるだろうというのだ。見るとこの怪物もすでにもうじゅうぶん馴れていたので――すくなくとも彼女にだけは馴れていたので――彼女は自分の理論をためしてみた。しかしそれは失敗だった。彼女がその怪物をうまい具合に川の中に入れ、いざ川岸にもどって、その上を渡ろうとすると、そのたびに、怪物も川から出てきて彼女のあとをつけまわすのだ。まさに手飼いの山といった恰好だ。ほかの動物どもと少しも変わりはない。みんな同じことをするのだ。

火曜日――水曜日――木曜日――そして、今日。この四日ほどずっと彼に会っていない。ずいぶん長いことひとりぼっちでいる。でも、ひとりぼっちだっていい。いっしょにいて、歓迎されないよりはましだ。

金曜日

わたしはどうしても伴侶をもたないではい、ら、れ、な、か、っ、た。——わたしって、そんなふうに創(つく)られているのだ、と思う——だからわたしはいろいろな動物たちと仲よくしているのだ。彼らは本当にチャーミングだし、この上なくやさしい気質をもち、この上なく礼儀正しいふるまい方をする。決していやな顔はせず、相手がうるさくて困っていても決してそんなことは悟らせず、いつもほほえみかけて、尻尾をふっている。もしその動物に尻尾があればの話なのだが。そして彼らはいつだって、その辺をとびはねることでも、遠足に行くことでも、こっちがしようということならどんなことでも、すぐに応じてくれるのだ。まさに完璧な紳士だとわたしは思う。このところわたしは彼らといっしょにすばらしく楽しい時をおくっている。そして、そのことで寂しいと思ったことはない。一度だってありはしない。寂しい！　いいえ、とんでもない。なぜって、わたしのまわりにはいつでも彼らが大勢いてくれるからだ——ときには二万平方メートルにもわたるほど群をなしていて——とても数えることなどできはしない。

だから真中の岩に立ってその毛皮のひろがりを眺めていると、色彩やら、跳ねまわる光沢やら、太陽のきらめきやらで、そのひろがりがまだらに見えたり、飛沫がとぶように見えたり、浮き浮きと陽気に見えたりして、おまけに縞模様のためにさざ波が立ったようにも見えたりするので、なんだかそのひろがりが湖のように思えたりする。そうではないとわかっているのだけれども。それにまた社交ずきな小鳥たちの嵐がおそいかかり、ぴゅうぴゅうとうなりをたてる翼のハリケーンが吹きまくる。そして太陽の光がそうした羽毛の騒ぎに当たると、考えつくかぎりの色彩がみんな一度に燃えあがって、見ているものの目をとび出させるほどなのだ。

わたしは何度か長い旅をした。そして世界をずいぶんと見てきた。——ほとんど全部といってもいいだろう、と思う。だからわたしは最初の旅行家であり、唯一の旅行家なのだ。わたしたちが行進しているとき、それは実に堂々たる光景であって——これに及ぶものはまずどこにもあるまい。単なる楽しみというときには、わたしはトラかヒョウに乗る。なぜなら、こういったものはやわらかだし、背中もまるくてちょうど乗りやすくなっているからで、それにまた、とても美しい動物だからだ。しかし遠くへでかけたり、景色を見に行ったりするときには、ゾウに乗ることにしている。わたしを鼻でもちあげてくれるのだが、おりるときには、わたしも自分ひとりでできる。わたしたちがいよいよキャンプをしようという頃になると、ゾウは腰をおろす。だからわたしは、すべりおりるわけなのだ。もっとも、それはもんどりをうちながらだけれども。

鳥も獣もみんなたがいに仲がいい。だからどんなことにも諍(いさか)いはない。彼らはみんな口がきけるし、みんなわたしに話しかけてくれる。でも、それは外国語にちがいない。なぜって、わたしには彼らの言うことがひとこともわからないからだ。それなのに彼らのほうは、わたしが返事をするとき、わかってくれることがよくある。とくにイヌとゾウがそうだ。わたしは恥ずかしい。それは、彼らがわたしよりも頭がよく、

従ってわたしよりもずっとすぐれた動物だということの証拠だからだ。それを思うとわたしはいらいらしてくる。なぜなら、わたしは自分こそ第一等の実験台になりたいと思っているし——またそうなるつもりでいるからだ。

わたしはこれまでずいぶん多くのことを学んできた。そして今では教養も身についているが、最初のころはそうではなかった。最初はわたしも無学だった。そのことで最初はずいぶんいらいらしたものだ。なぜって、あれほどいっしょうけんめい気をつけて見守っていたのに、手早く現場にかけつけられたことはただの一度もなかったからだ。水が丘をのぼって流れてゆくときにだ。でも今はそんなことは気にしていない。わたしは実験に実験を重ねた結果、ようやくこの頃になって知ることができたからだ。つまり、水というものは決して丘なぞへはのぼらないのだ、真暗なときは別だけれども。真暗なときは、水も丘をのぼってゆく。なぜなら、池は決してからからになることはない。からからになるとすれば、それはもちろん、水が夜のうちにもどって来ない場合なのだからだ。だから一番いいことは、こうして実験をやって、それで物事を証明することだ。そうすれば本当のことがわかるのだ。それをしないで、ただ推量や想像や憶測だけにたよっていると、決して教養は身につかない。

物事によっては、人が発見できないようなものもある。しかし推量や想像によるだけでは、そのできないということさえ知ることはできない。そうだ、だから辛抱づよく実験をつづけなければいけないのだ。そうしていれば、やがて、発見できないということが発見できるのだ。問題をそのようにして解決するのは楽しいことだ。それは世界を非常に興味あるものにする。もし発見すべきものが何もないとしたら、世界は味気のないものになってしまうだろう。たとえ発見しようとして発見できなかったとしても、そのことは、発見しようとして発見できたこととまったく同じように興味のあることなのだ。いや、それ以上かもしれない。その水の秘密も初めはわたしにとっては宝物であった。が、そのうちにそれを手に入れた。すると、その興味はすっかり消えてしまった。そしてわたしは何かを失ったような感じをおぼえた。

実験によってわたしにはこんなこともわかった。つまり、木は泳ぐことができる、そして枯れ葉もできるし、羽毛もできるし、そのほかたくさんのものができる。だからそうした証拠をみんな一つ一つ積みかさねることによってわかることは、岩もまた泳ぐことができるだろうということだ。しかしそのことは、それをただ知っているということだけで我慢しなければならない。なぜなら、それを証明すべき方法がないからだ——今までのところはだ。しかし、いずれそのうちにほかの方法がみつかるだろ

LR

う。——みつかれば、あの興奮は消えるだろう。そういうことを考えると、わたしは悲しくなる。なぜなら、やがてそのうちに、何もかも発見するようになるだろうが、そうなったら、もう興奮するものが何もなくなってしまうからだ。わたしは興奮するものがそれほど好きなのだ！　このあいだの晩もわたしは眠れなかった。そんなことを考えていたからだ。

最初のうち、わたしは自分が何のために創られたのか、さっぱりわからなかった。しかし今ではこんな気がする。つまり、それはこの不思議な世界の秘密を探しあて、そして喜び、そして、そうしたものを「お与えくださったお方」に、よくぞそうしたものをお拵(こし)らえくださいましたと感謝するためだ。学ぶべきものはまだまだいっぱい残っているように思う——ぜひそうあってほしい。少しずつ控え目にやり、あまり急いでやるようなことさえしなければ、そうしたものは何週間ももってくれるだろうと思う。ぜひそうあってほしい。一枚の羽毛を投げあげれば、それは空中を泳いでゆき、そしてどこかへ消えてゆく。次に土くれを投げると、それは、そのようにはならない。土くれは落ちてくる。投げるたびごとにだ。わたしは何度も何度もやってみた。しかし結果はいつも同じだ。わたしは考えた、これはいったいなぜなのだろうか？　もちろん、土くれは落ちてくるのではない。だのに、どうして落ちてくるように見えるの

だろうか？　きっとこれは目の錯覚なのだろう。つまり、二つのうちの一つが錯覚なのだ。そのどちらなのかは、わたしにもわからない。羽毛のほうかもしれないし、土くれのほうかもしれない。どちらなのか、わたしには証明できない。できるのはただ、こっちか、それともあっちか、どちらかがインチキものだということを実際にやって見せるだけだ。そしてあとはどっちでも自分の好きなほうを選んでもらえばいいのだ。

じっと観察していたおかげで、わたしは星は長つづきしそうもないことを知った。いちばん立派な星だって、そのいくつかが溶けて空から流れ落ちるのを見たからだ。一つが溶けるということがあるからには、みんな溶けてしまうことだってありうるわけだ。みんな溶けるということがあるからには、それがみんな一夜のうちに溶けるということだってありうる。

そうした悲しみがいつかはやってくるだろう――わたしにはわかっているのだ。これからは、毎晩おきていて、いくらおそくなっても、目をさましていられるだけいつまでも、星をみつめているつもりだ。そしてこのきらめく天の野原をわたしの記憶に焼きつけておくことにしよう。そうすれば、やがてあの星たちが姿を消しても、わたしは自分の空想でこの美しい無数の星を真黒な空にもどして、彼らをもう一度きらめかせてやれるし、その数を倍にしてやることもできるからだ、わたしの涙のかすみによって。

ふりかえってみると、「園」はもうわたしには夢でしかない。それは美しかった。すばらしく、うっとりするほどに美しかった。それなのに今はそれも失われ、二度と見ることができないのだ。

「園」は失われた。でもわたしは、彼を見出した。そして、わたしは満足している。彼はわたしを精いっぱいに愛してくれる。わたしも自分のもっている情熱的な性質がゆるす限り、力いっぱい彼を愛している。そしてこうすることこそ、きっと、わたしの若さと、わたしの女という性とにとってふさわしいことなのだと思う。もしわたしが自分にむかって、なぜ彼を愛するのかと尋ねたら、自分でもその理由がわからないことに気がつくだろう。そして、実際にはそんなことは大して知りたいとも思わないのだ。だから恐らくこの種の愛情というものは、理論や統計の産物ではないのだろうと思う。ほかの爬虫類や獣たちに対していだく愛情とは違うのだ。これは、当然そうでなければいけないのだと思う。わたしがある種類の鳥を愛しているのは、その歌声のためだ。しかしわたしがアダムを愛すのは、その歌いぶりのためではない。――決して、それは、そんなことからではない。彼が歌えばうたうほど、わたしはますます

彼の歌にがまんができなくなる。それなのにわたしは彼に歌をうたってほしいとたのむ。というのも、わたしは彼が興味をもっているものなら何でも好きになるようにしたいと思っているからだ。きっとわたしにはできるだろうと思う。なぜなら、最初のうちこそその歌にはがまんできなかったが、今ではできるからなのだ。その歌は、ミルクをすっぱくする。しかしそんなことは問題ではない。わたしはそういう種類のミルクにも慣れることができるからだ。

わたしが彼を愛しているのは、彼のおつむがいいからというのではない。——決して、そんなことからではない。彼のおつむなんて実におそまつなものだが、だからといってそれは彼がわるいわけではない。なぜなら、彼が自分でそんなおつむになったわけではないからだ。彼は、神さまがお創りになったままのおつむなのだ。そして、それでじゅうぶんなのだ。そこには賢明な目的があったのだ。そのことをわたしは知っている。やがて彼のおつむもだんだんよくなってゆくだろう、急になるとは思えないけれども。それに、急ぐ必要なんかないのだ。彼は、いまのままでも、どうにかやっていけるのだから。

わたしが彼を愛しているのは、彼の上品で思いやりのある態度とか、心のこまやかさのためでもない。決してそうではない。彼にはこういう点ではいろいろと欠けると

ころがある。しかし、今のままでもどうにかやっていける。それに、だんだんとよくなっているのだ。

わたしが彼を愛しているのは、彼の勤勉さのためでもない。——決して、そんなことからではない。わたしは彼もそうした資質はもっているのだと思う。だが、わからないのは、なぜ彼がそのことをわたしにかくしておくのかということだ。それがわたしのたった一つの悩みだ。ほかの点では、彼も今ではわたしに対して率直であり、あけっぴろげだ。だから、きっと彼がわたしにかくしているのは、このことだけなのだと思う。彼がわたしに秘密をもっているなんて、悲しいことだ。時にはそのために眠ることさえできずに、じっと考えこんでしまうことがある。でも、そんなことは忘れてしまおう。そんなことでわたしの幸福がさまたげられることはないのだ。わたしの幸福は、さもなくてもいっぱいで、あふれ出るほどなのだから。

わたしが彼を愛しているのは、彼の教養のためでもない。——決して、そんなことからではない。彼は独学で教養を身につけたのだが、ほんとうにいろいろと多くのことを知っている。しかしそれらのものは、実際には、そうではないのだ。

わたしが彼を愛しているのは、彼の騎士的精神のためでもない。決して、そんなことからではない。彼は、わたしの告げ口をした。でも、わたしは彼をとがめはしない。

L.R

告げ口は男の癖なのだ、とわたしは思うし、それに、彼は自分で男になったわけではないからだ。もちろん、わたしは彼の告げ口なんかするはずはない。そんなことをするくらいなら、そのまえにわたしは、死を選ぶだろう。しかし、それもまた女の癖なのであって、わたしはそんなことで面目をほどこしはしない。なぜなら、わたしは、自分で女になったわけではないからだ。

それでは、わたしが彼を愛しているのはなぜなのだろう？　それは、ただ彼が男性だからだ、とわたしは思う。

心の底は彼も善良だ。だから、それゆえに彼を愛しているのだ。しかしそうではなくてもわたしは彼を愛することができる。かりに彼がわたしをぶったり、毒づいたりしても、わたしは彼を愛しつづけるだろう。わたしはそれを知っている。それは性の問題だからだ、と思う。

彼はたくましく、そしてハンサムだ。だから、それゆえにわたしは彼を愛している。そして彼を尊敬し、彼を誇りに思っている。しかし、そういった資質がなくても、わたしは彼を愛することができる。たとえ彼が不器量であっても、わたしは彼を愛すだろう。たとえ彼が敗残の身となっても、わたしは彼を愛すだろう。そして彼のために働き、彼のために奴隷のようにかしずき、彼のために祈り、彼の枕もとで看病してあげるつもりだ、わたしが死ぬまでずっと。

そうだ、わたしが彼を愛しているのは、ただ、彼がわたしのものであり、そして男性だから、だと思う。ほかに何の理由もないのだ、と思う。だからそれは、わたしが初めに言ったとおりなのだと思う。つまり、この種の愛は、論議や統計の産物ではないのだ。それはただ、やってくるのだ。——どこからか、それは誰にもわからないけれど——そして、自分でも説明できないのだ。それに、そんな必要もないのだ。

これがわたしの考えだ。でも、わたしはまだほんの小娘にしかすぎない。それに、こうした問題を考えてみた初めての人間だ。だから未知と未経験とのために、わたしが正しくそれを理解していないということなのかもしれない。

それから四〇年後

これはわたしの願いでもあるし、またわたしの切なる望みでもあるのだが、わたしたちは二人いっしょにこの世を去ることができたらと思う。——こうしたあこがれは決してこの地上から消えず、夫を愛するすべての妻の胸の中に宿りつづけることだろう、時の果てるまでいつまでも、いつまでも。そして、それはわたしの名に誓って呼ばれることだろう。

でも、もし二人のうちどちらかが先に行かねばならぬのなら、どうかわたしに行かせてほしい。なぜなら、彼はたくましく、わたしはかよわいからだ。わたしは、彼がわたしにとって必要なほどには必要でないからだ。——彼のいない生活は、生活にはならないだろう。どうしてそんな生活にわたしが耐えてゆけよう？　こうした願いもまた不滅のものだ。そしていつまでもやむことなく捧げられることだろう、わたしの子孫がつづくかぎり、いつまでも、いつまでも。わたしは最初の妻だ。そして最後の妻の中にも、わたしはくり返されることだろう。

イヴの墓のまえで

アダムの言葉。——たとえどこであろうと、彼女のいたところ、そこ、、がエデンだった。

おわり

L・R・

解説

大久保博

（一）

私は一八三五年一一月三〇日に生まれた。所はミズーリ州、モンロー郡、フロリダという、あるのかないのか、わからないような小っぽけな町だ。……当時ここの住民は一〇〇人。だから私は、町の人口を一パーセントもふやしてやったことになる。これはまさに、数ある歴史上の大人物でさえなしえなかった故郷に対する偉大なる貢献だ。大げさなことを言うやつだと思うかもしれないが、事実は事実。これだけの偉業をなしとげた人物はひとりとして記録がない。——あのシェイクスピア

にだってありはしない。——マーク・トウェイン

予定より二ヵ月も早くこの世に生をうけたマーク・トウェインは、生まれた瞬間から歴史的な人物になったわけである。空にはハレー彗星も輝いていたという。

ジュリアス・シーザーが生まれるときには、俗説によると、なかなかの難産だったらしい。母親はシーザリアン（帝王切開手術）を受けなければならなかった、といわれているからだ。

このシーザーが一軍を率いてルビコン川のほとりに立ち、これを渡るべきかいなかと迷っていたとき、とマーク・トウェインは晩年のあるエッセーの中でローマの伝記作者スエートーニウスを引用しながら語っているが、歴史はまさに一大転機をむかえた。そのとき、見るからに気高く優雅な姿形の男が現われて、葦笛を吹きはじめた。妙なる調べに羊飼たちも兵士たちもその男のそばへ寄ってきた。中にはラッパ手もいた。すると男はいきなりそのラッパをつかんで、川のほうへと走りだした。そして、高らかに進軍ラッパを吹きならしながら川を渡っていった。それを見たとたん、シーザーは叫んだ。「いざや進まん、神々の御告げと邪悪なる敵兵どものわれらを誘い呼び寄せんかなたへ。采は投ぜられたり。」

こうしてシーザーはルビコン川を渡った。――そして、全人類の未来を変えた。さまざまな事件がそれに続いて、鎖の環のように、たがいに密接な関係をもちながら、次から次へと起こっていった。やがて、ローマ共和国の崩壊、ローマ帝国の樹立、そして分裂、その廃墟に立ちあがるあのキリスト教の勃興、世界各地への伝播、……アメリカ大陸の発見、独立戦争、イギリス人その他植民者の流入、西部開拓の波（その中にいたのがマーク・トウェインの先祖）、何人かのミズーリ州定住、そしてその結果、マーク・トウェインの――正確に言えばサミュエル・ラングホーン・クレメンズの――誕生。

と、こんなぐあいに鎖の環はつながっているのだそうだ。だからマーク・トウェインはシーザーのルビコン渡河と切っても切れぬ縁があり、あのラッパを吹きならす見知らぬ男がその場にいなかったらシーザーも川を渡らなかったかもしれないから、そのときは自分もこの世にいたかどうかわからない。万事が今のようにはならなかっただろう、などと言っている。

さてそれでは、マーク・トウェイン自身の生涯の転機はどうであったか。同じエッセーの中で彼自身の語るところによってその概略を記そう。

数え年一二歳のとき、父親が死んだ。春のことだったが、その夏にハシカが流行した（それは一〇歳のときだった、と別の所では言っているが、そんなことはどちらでもいい）。毎日のように子供が死んでいった。村は恐怖、悲嘆、絶望にうちひしがれた。感染していない子供たちは厳重に家に閉じこめられた。家の中は陰気くさく、しかつめらしい讃美歌とお祈りのほかには、物音ひとつ聞こえてこない。子供心にこのわびしさ、恐ろしさがこたえ、骨の髄まで体がふるえた。自分もハシカにかかったんだ！　もう死ぬんだ、とつぶやきさえした。こんなみじめな毎日なら、生きていたってつまらない。そんならいっそ、本当にかかってやれ。そんな気持ちになって、ある日、こっそり家を抜け出し、友だちの家にハシカをもらいに行った。その家ではハシカの友だちが明日をもしれぬ運命を待っていたからだ。家人のすきをみて、友だちの部屋に忍びこみ、ベッドにもぐりこんで、いっしょにねる。ところがそこのおふくろさんにみつかって、家へ連れもどされてしまう。だがハシカはみごとにうつって、手のくだしようもなくなる。死がせまってくる。村のひとびとは大いに関心をよせ、しきりに気をもみ、使いをよこしては毎日ようすを聞きにくる。一日一回どころではない。何回も何回もやってくる。そして誰もが、きっとあの子は死ぬぞと考える。ところが、それから二週間目に、とつぜん悲しい変化がおこる。それでみんなは、期待がはずれてがっかりする。

このときがマーク・トウェインの生涯の転機なのだそうだ。というのも、ハシカがなおると彼は母親の言いつけで学校をやめ、植字見習工になるからだ。日頃のいたずらにほとほと手をやいていた母親は、ハシカの一件でとうとう腹をきめ、自分よりもっと腕の確かな人に子供の養育をまかせようとしたのだ。

こうしてマーク・トウェインは植字工になる。そして仕事を求めてあちこちと世間を渡り歩く。やがてアイオワ州の、ある市にやってきて、ここで数ヵ月のあいだ仕事をする。そのころ興味をもった本の中に、アマゾン河に関するものがあった。著者は、パラからアマゾン河をさかのぼりマデイラ河の上流に至るまでの長い探検旅行を、魅力ある筆で物語っている。途中のすばらしい景色、珍しい動植物の描写もさることながら、不思議な薬用植物のコカの効力にことのほか心をひかれる。

たちまちアマゾン河へのあこがれが火のように燃えあがる。全世界を相手に貿易をひらき、コカでひともうけしたいとも考える。何ヵ月ものあいだこの計画を夢にみ、パラへ行く方法をあれこれと練る。ところがどれもこれもうまくいかず、ひどくくさっている。ちょうどそのとき、五〇ドル紙幣が一枚、たまたま路上でみつかる。落とし主を求めて新聞に広告まで出すが、その日のうちに（別の所では、四日ほど待ったとも言っているが、そんなことはどちらでもいい）、アマゾン河めざしてトンズラ

（だと思うが）をきめこむ。

これがまた一つの転機となる。

まずシンシナティに出て、そこからオハイオ河をくだり、つづいてミシシッピ河をくだってゆく。ニューオーリアンズについたら、パラ行きの船に乗りかえるつもりだ。ところがニューオーリアンズに来てみたら、パラへ行く船など一隻もありはしない。これまでにも行った船などあるもんか、ときかされる。思案にくれて立っていると、お巡りさんがやってきて、何をしちょるのかと尋ねる。そこで事情を話す。すると、こんなところにぐずぐずしていてはいかん、こんど往来でぼんやりつっ立っていたら、ブタ箱へほうりこむからな、とおどかされる。

二、三日ぐずぐずしているうちに、金も使い果たす。旅の途中で知りあった蒸汽船のパイロットがいたので、そこへ行って、見習にしてくれと頼んでみる。よし、ということになり、パイロットになる。これがまた一つの転機。

やがて南北戦争がはじまる。船の運航がとまる。暮らしがたたなくなる。兄がネヴァダ準州の政務長官に任命される。その兄から、いっしょに行って仕事を手伝わんかと誘われる。そこで引きうける。また一つの転機。

ネヴァダへ行くと銀鉱熱にとりつかれる。あちこちと鉱山を掘りまわり、一財産つくって牧師になってやろうと考える。そのころ、気晴らしに書いた雑文を（食うに困って書いた、とも言っているが）ヴァージニアシティの「テリトリアル・エンタプライズ紙」に送る。一〇年も植字工をやっていたおかげで、文章のよしあしもおぼえ、いつの間にか自分の文体もできあがっている。それが認められてか、同紙から誘いがかかり、スタッフの一員に迎えられる。

こうしていよいよジャーナリストとなる。やがて、サクラメント「ユニオン紙」から派遣されて五、六ヵ月サンドウィッチ群島（今のハワイ諸島）に渡り、砂糖きび栽培の記事を書くことになる。書くには書いたが、砂糖とはぜんぜん関係のない記事をやたらにあれこれつけ加える。それがかえって幸いとなる。

そうした記事のおかげで悪名とどろき、サンフランシスコで講演会をひらくことになる。やってみると大成功。かねてから世界を見てまわりたいと思っていたところ、こうして数々の講演で金も入り、チャンス到来。「クエーカー・シティー観光旅行団」に加わる。

旅行を終えてアメリカに帰ると、とたんに、本を書いたらどうかとすすめられる。そこで本を書き、それを「赤げっと外遊記」と名づける。こうして、ついに文学界に入る。例のルビコン川の一件を遠く切りはなして考えれば、マーク・トウェインの文学界入りは、一二のときハシカにかかったから、なのだそうだ。

さて、これら一連の転機は、とマーク・トウェインは更につづけて語っている。どれひとつとして彼自身が予測したものではない。計画したものでもなければ、創り出したものでもない。これらはすべて、その時その時の周囲の状況がやったもので、その状況が彼の気質の助けを借りてやっただけのことにすぎない。状況が同じでも本人の気質が違えば、結果が違ってくるだけの話だ、という。

たとえば、例の五〇ドルが路上に落ちていたとしても、それを拾ったのがジュリアス・シーザーだとしたら、シーザーの気質は本人をアマゾン河へはやらなかったろうし、新聞広告は出させたかもしれないが、その日のうちにその金をもって逐電させるようなことはせず、落とし主の現われるまでじっと彼を待たせていたかもしれない、というわけだ。

そして最後にマーク・トウェインは、彼自身の（そして同時にわれわれの）生涯の本当の意味の転機が訪れた場所は、「エデンの園」なのだと言っている。鎖の環をどこまでもたどってゆくと、そこへ行きつくのだそうだ。そしてアダムのもつ気質こそが、この地球に住む人類に対して神が与えた最初の命令なのだそうだ。それは、アダムがいやだと思っても決してさからうことのできぬ唯一の命令であって、「弱きものであること、水の如きものであること、特色なきものであること、たやすく説得されるべきものであること」という至上命令なのだ。だからその後でいくら神が例の木の実にはふれるなと命令しても、アダムはそれに従えるはずはないのだ。アダム自身が従わないのではなく、アダムの気質が従わないのだ。なぜなら、アダムの気質は、神の最初の至上命令によって、あの実を食べるようヘビからイヴへ、イヴからアダムへと「たやすく説得される」ようにできていたからだ。

マーク・トウェインはアダムとイヴに失望する。彼ら自身にではなくて、彼らの気質に、失望するのだ。彼ら自身はかわいそうな、いたいけな若者たちだ。バターで作ったような気質を負わされて苦しんでいるのだ。そんな気質は、火のそばへもってゆけばたちまち溶けてしまう。だからマーク・トウェインは、エデンの園にはアダムとイヴのかわりに、マルティン・ルターとジャンヌ・ダルクがいてくれたらよかったのにと考える。このすばらしい二人なら、バターではなくて石綿で作った気質をもっているから、いくらサタンが甘い言葉で説得しても、あるいは地獄の火で責めたてても、あのリンゴはぜったいに食べなかったろう、というのだ。

そうすれば結果もまた違ってきたはずだ。リンゴは今でも手つかずのままだろうし、手つかずのままなら、この世に人類はいなかったろう。人類がいなければ、読者のみなさんはいないわけだし、マーク・トウェインもいるはずがない。「むかし、むかしの大昔、天地創造の曙にせっかくたてた計画の、とどのつまりはこの俺を文学界に送りこむ、そのたくらみも、オジャンというわけ」である。

つまりマーク・トウェインが最後に言いたかったのは、人間はアダムとイヴのような気質をもっているからこそ、彼のような文学者がこの世に必要だったのだ、ということであるらしい。「人間とは何か?」、「神とは何か?」――この問題の追究こそ彼が自らに課し、そしてわれわれにも課した、使命だったのだろう。

一九一〇年四月、ふたたび現われたハレー彗星に誘われるかのごとく、マーク・トウェインはこの世を去っていった。

神の道化役の退場である。

(二)

さて、「アダムとイヴの日記」に話を移すことにしよう。

本書はマーク・トウェインの *Extracts from Adam's Diary* および *Eve's Diary* の二つの作品を翻訳したものである。これらの作品はそれぞれ異った時期に発表されたものであるが、内容の点からみても、たがいに不可分の関係にあるので、本書では一つにまとめ、題名も新たに選んでつけることにした。

二つの作品のうち、アダムの日記のほうはその原題が「アダムの日記抄」となっている。しかしこれは初めから「抄」なのであって、いわゆる「原本」から抜萃した抄本ではない。この作品にはもともと原本などというものは存在しない。なぜ存在しないのか、その理由ははっきりしない。マーク・トウェインはすでに一八五二年ごろから旧約聖書のアダムに興味をよせており、一八七〇年ごろにはアダム一族に対してかなり強い関心を示し、創世記に関する断片をいくつも書き残している（一八七九年にはアダムの記念碑の建設も考えている）。従って作者はいつの日にかそれらのものを統合し、「原本」を創りあげるつもりでいたのかもしれない。

その想定の当否は別として、アダムとイヴに関するかぎり、今日単行本として発表されているのはマーク・トウェインの作品中、本書だけであるから、以下これにもとづいて述べてゆくことにしよう。

「アダムの日記抄」がいつ書かれたものか、その正確な時期はわからない。しかし、一八九三年三月一三日付フィレンツェ発のマーク・トウェインの手紙にはこの作品に関する記述がある。それによると、すでにこの作品は出来あがっていて、ほぼ同じ長さの別の作品といっしょにその手紙に添えて発送するばかりになっていること。もともと雑誌に掲載するつもりで書かれたものであること。語数は三八〇〇であること。出来ばえは珠玉のようにすばらしいものであること。「コズモポリタン誌」が六〇ドルで買うといえば、売ってもよいと作者が考えていたこと、などがわかる。

しかし、どういう事情からか、この作品は雑誌には一度も掲載されなかった。そして一八九三年に出た「ナイアガラ・ブック」（*The Niagara Book*）に収録されてしまった。この「ナイアガラ・ブック」というのは、その年バッファローで開かれたワールド・フェアのみやげもの用に販売された本で、I・S・アンダーヒルが編集し、W・D・ハウエルズを初め数人の作家が寄稿したものであるといわれている。

「アダムの日記抄」の中にいきなりナイアガラの滝やバッファローが出てくるのは、おそらくそのためであって、最初の原稿にはこの部分はなかったろうと思われる。というのは、これは後にも述べるが、一八九六年に出版された短編集「探偵トム・ソーヤー」のロンドン版をみると、その中に収録されているこの作品にはナイアガラの滝やバッファローの記述はなく、「ナイアガラ・ブック」版より七五〇語ほども短くなっているからである。従ってこのロンドン版がマーク・トウェインの最初の構想を伝えるものであると考えられている。

しかしその後「アダムの日記抄」が一九〇四年にハーパー・アンド・ブラザーズ社

から単行本として出版されたときには、「ナイアガラ・ブック」版が使われ、それに作者の注とストロスマン（F. Strothmann）の挿画とが加えられることになった。そして一九〇六年に出版された短編集「三万ドルの遺産」の中に「イヴの日記」とともに収録されたときも、ごくわずかな変更箇所があるだけで、やはり「ナイアガラ・ブック」版がほとんどそのままの形で用いられている。

マーク・トウェインの没後この「アダムの日記抄」は「イヴの日記」とともに一つにまとめられ、一九三一年に「アダムとイヴの私生活」（*The Private Lives of Adam and Eve*）として出版されることになったが、このときもやはり一九〇四年版と同じものが使われている。

「イヴの日記」は、マーク・トウェインが一九〇四年の九月ごろ、ニューヨークの五番街九番通り二一号の借家でその構想を得たものであるといわれている。妻オリヴィア埋葬の二ヵ月ほど後である（この作品の最後の部分は妻に捧げる作者の哀悼の辞とも考えられる）。執筆は翌年の七月一二日からニューハンプシャー州のダブリンの借家ではじめられ、四日後の一六日には完成していたらしい。ハーパー・アンド・ブラザーズ社の総支配人デューネカ（Frederick A. Duneka）にあてた一六日付の手紙には、おおよそ次のようなことが書かれている。

私は「イヴの日記」を書いた。この中でイヴは無意識のテキストとして「アダムの日記（抄）」を使っている。それで私は「アダムの日記」を出して読みかえしてみた。しかし読んでみると胸のむかつく思いがした。かつては立派な文学だった「アダムの日記」がバッファロー・フェアの宣伝用に質を落として売り渡したため、文学ではなくなってしまっていた。鉛版を溶かして絶版にしてほしいとお願いするつもりでいた。ところが今朝になって冷静に検討してみると、宣伝の部分さえ削れば、また立派な文学になることがわかった。そこで七〇〇語を削り、原稿紙五ページ分の新しい資料（六五〇語）を加えた。おかげで「アダムの日記」はダムゼン（断然）よくなった。前より六〇倍もよくなった。今では「イヴの日記」と同じくらい立派なものだと思う。いや、それほどではないが、「イヴの日記」と合本にしてもいいくらいの出来ばえにはなっている。それだけは確かだ。旧作のアダムはもう出版したくない。二度と印刷しないでほしい。その代りにこの新しいのを印刷しようではないか。そして今度のクリスマスにはアダムとイヴとを合本にして出そうではないか。二つの作品はたがいに競いあってポイントをあげている。だから合本にしなければそういうポイントがわからなくなってしまうだろう。「アダムの日記」

をもう一部送ってほしい。そうすれば改訂が二部できる。「イヴの日記」は「イヴのラヴ・ストーリー」だ。だがそういう題名をつけるのはよそう。

こうしてマーク・トウェインは二〇日にこの「イヴの日記」と「アダムの日記」とをデューネカへ郵送したらしい。ところが、デューネカはこの二つの作品を合本にして出版することに同意したそうではあるが、なぜか、マーク・トウェインの期待どおりには事が運ばなかった。

そして「イヴの日記」は「ハーパーズ・マガジン」の一九〇五年一二月号、つまりクリスマス号に掲載された（同じ年の「サンデー・ワールド紙」のクリスマス号にはO・ヘンリーの「賢者たちの贈りもの」が掲載されている）。

すると一二月一九日付で編集長のW・D・ハウエルズから手紙がきて、今度、ハーパー・アンド・ブラザーズ社の雑誌に載った作品の中から適当なものを選んでシリーズを出すことになった。第一巻は六つの作品を収めて表題を *Their Husbands' Wives*（「愛すべき妻たち」）——つまり、夫に対して類まれなしかた、献身的なしかたで仕える女たち、とする予定だ。ついてはこの巻に「イヴの日記」を入れたいのだが、と問いあわせてきた。マーク・トウェインはその翌日、事務所に立ちより、喜んでこの申し出に応じている。

こうして「イヴの日記」は翌一九〇六年三月一五日、「愛すべき妻たち」に収録されて、ハーパー・アンド・ブラザーズ社から出版された。

つづいて同年六月、レスター・ラルフ（Lester Ralph）の挿画に飾られ、単行本として同社から出版される。挿画については、出版社は「アダムの日記」のときと同じ画家のストロスマンでよかろうと考え、すでに彼と契約を結んでいた。しかしマーク・トウェインは今度の作品に対してはまったく違った扱い方を希望した。

ところがこの単行本が出版されると、ある地方図書館がこの本を禁止した。理由はアダムとイヴの裸体の挿画にあった。新聞記者たちがつめかけ、マーク・トウェインに意見を求めた。以前にも、「トム・ソーヤーの冒険」や「ハックルベリー・フィンの冒険」が、青少年を毒するものとして公立図書館で禁止されたことがあるからだ。マーク・トウェインは記者たちに答えてこう言っている。

「今度の問題は主として挿画にあると思う。あれは私が描いたのではない。私だったらよいのにと思っている。――実に美しい画だからね。」

また、ある友人にあてた手紙の中では、「図書館が私の本は追放しておいて、聖書のほうは別に削除もせず、心になんの備えもない青少年たちの手のとどく所へおいておく。その奥深い無意識のアイロニーはなかなかおもしろい」と述べている。

さて、われわれにとって不思議に思えることは、その後マーク・トウェインは「アダムの日記」と「イヴの日記」との合本出版を一度も催促していないことである。あれほど希望し、デューネカも同意していたということなのであるから、催促なり抗議なりしてもよさそうに思われる。ところが、彼はしなかった。なぜか。それを説明する資料は今のところまだ公刊されていない。

また、「アダムの日記」が最後までナイアガラ版を使っていた理由もはっきりしない。しかし、この点については浜田政二郎氏の次の意見が参考になる。

アダムとイヴがエデンの園を失わねばならなくなって、この世に戦争と死がおとずれるようになったのは、アダムが滝を見て「これが逆にころがり上ったら、すばらしいがなあ」とユーモラスな嘆息を洩らしたことに基因する、とマーク・トウェインは説明している。滝の水が上から下へ流れ落ちるのは、自然の姿であるのに、その反対の場合を空想したことは、造物主である神の意図に対する干渉であり、反逆でもある、と彼は解釈したのであろう。この思想が発展すると、やがて他人や他国の所有物を自分が持ってみたらと考え、邪魔な人間を地上から消してみたらと思うようになり、社会制度をくつがえそうとする革命思想ともなって、戦争や死を呼びおこすに相違ない。「これが逆にころがり上ったら」という仮定には、現状の否定とまではいかなくても、現状に対する不平不満がこもっているからである。ありのままの滝のすがたに満足できないで、これを逆にしたらどんなにすばらしいだろう、と考えるのは、もはや単純で無邪気なユーモアではない。間接的ではあるが、価値判断の是正をのぞむ、かなり積極的な主張をともなっている。この精神こそ、諷刺文学を生み出すものであり、寓意談の基調となるのである。

おそらくデューネカも浜田氏と同じ意見をもっていたのであろう。そして、これはまったくの推測ではあるが、デューネカは「ナイアガラ・ブック」版のこの部分を単なる宣伝用の文句とは考えず、他のナイアガラ関係の記述とともに残すべきだと考えて、マーク・トウェインを説得したのかもしれない。デューネカならそれがやれたし、またやりかねない人物だからである。

最後に、「アダムの日記」と「イヴの日記」とのいちばん大きな相違点を一つだけ指摘しておこう。それは、「アダムの日記」には「神」という言葉が一度も使われていないことである。

解説の作成にあたっては主として次の図書を参考にした。

Baender, Paul, ed. *What Is Man? and Other Philosophical Writings*. Berkeley, Los Angeles, London: Univ. of California Press, 1973.

浜田政二郎『マーク・トウェイン――性格と作品』東京・研究社、昭和三〇年。

Johnson, Merle. *A Bibliography of the Works of Mark Twain*. 1935; rept. Westport, Conn.: Greenwood Press, 1972.

Leary, Lewis, ed. *Mark Twain's Letters to Mary*. New York: Columbia Univ. Press, 1961.

Paine, Albert Bigelow, ed. *Mark Twain's Letters*. New York: Harper & Brothers, 1917.

Paine, A. B., ed. *Mark Twain's Autobiography*. N. Y.: Harper & Brothers, 1924.

Paine, A. B. *Mark Twain: A Biography*. 2 vols. N. Y.: Harper & Brothers, 1935 (Centenary Edition).

Smith, Henry Nash and William M. Gibson, eds. *Mark Twain-Howells Letters*. 2 vols. Cambridge, Mass.: Harvard Univ. Press, 1960.

訳者あとがき

大久保 博

とにかく聖書はおもしろい。なかでも創世記はばつぐんにおもしろい。

アダムとイヴは、神さまから禁じられていた木の実をとって食べると、とたんに目がひらき、たがいに、裸であることを知る。そこでイチジクの葉をつづり合わせてエプロンを作る。

神さまがアダムにむかって、「おまえはあの木から食べてしまったのか、わたしは食べてはならぬと命じておいたではないか?」とたずねる。するとアダムは「あなたがわたしと一緒にいるようにと与えてくださったあの女です、あの女が木からとってくれたのでわたしは食べたのです」と答える。つまり責任をイヴに転嫁するのだ。

そこで神さまはイヴにむかって、「いったいどうしたのだ、こんなことをしてしまって?」とたずねる。するとイヴは「ヘビがわたしをだましたのです。それでわたしは食べたのです」と答えて、彼女もまた責任をヘビに転嫁する。

そこで神さまはヘビにむかって、「おまえはなぜそんなことをしたのか?」とたずねる、のかと思うと、たずねない。いきなり、「おまえはこんなことをしたのだから、どの家畜よりも呪われる。野に住む獣よりもだ。おまえは腹ばいになってあるき、地の塵をくらわねばならぬ、生命ある限り毎日だぞ」と、判決をくだしてしまう。ついでにオマケをつけて、「わたしはおまえと女とのあいだに敵対関係をおこう。おまえの子孫と女の子孫とのあいだにもだ。だから、女のほうはおまえの頭を踏みくだき、おまえのほうは女のかかとを傷つけるのだ」などと言う。

そして今度はイヴにむかって判決を言い渡す。「わたしはおまえの妊娠の苦しみをうんと増してやろう。苦しみながらおまえは子供を生まねばならぬ。しかもなお、おまえの欲望（性欲?）を夫にむけさせ、そして夫にはおまえを支配させるようにしてやる。」

それから神さまはアダムにむかって判決を言い渡す。「おまえは妻の声に耳を傾け、わたしが食べてはならぬと命じておいた木から食べてしまったのだから、大地はおまえのために呪われる。苦しみながらおまえがそこから食べるようにしてやる。生命のある限り毎日だ。いばらやとげのある草を大地に生ませてやる。だからおまえは、そういう野の草を食べねばならぬのだ。顔に汗してパンをくらえ。そしてやがておまえは大地に帰るのだ。その大地からおまえは取られたからだ。おまえはもともと塵なのだからな。だから塵に帰らなければならぬのだ。」

神さまは、アダムとイヴにむかっては彼らに弁明の機会を与えた。しかしヘビに対しては瞬時の機会さえ与えずに、いきなり処罰してしまった。なぜだろうか？　神さまはヘビがなんと答えるか知っていたし、それを答えられては都合がわるかったからではないのだろうか？

ヘビはきっとこう言ったろうと思う。「だって神さま、あっしを創ったのは、あんたなんですぜ。」

そうだ、たしかに聖書にはそう書いてある。「……ヘビは主なる神が創りたもうた野の獣のなかでいちばん狡猾（こうかつ）であった。」（創世記、第三章第一節）

それならばアダムやイヴの犯した罪は、もともと神が創り出したものなのではなかろうか？　神の中にこそ悪が存在するのではなかろうか？　人は死んで塵に帰る。その塵を、呪われたヘビがくらうのだろうか？　聖書はこんな重大な問題を冒頭からわれわれに問いかけている。

とにかく聖書はおもしろい。

「アダムは結局は人間だったのだ——これで事情がはっきりする。彼がリンゴを欲しがったのは、そのリンゴが食べたかったからではない。ただそれが禁じられていたから、というだけのことだ。そもそもの間違いは、ヘビを禁じておかなかったことにある。もし禁じておけば、アダムはきっと、ヘビを食べてしまったろうから。」

——マーク・トウェイン

追記

本書ははじめ旺文社文庫に収録されていたものですが、旺文社が文庫の出版を全面的に停止したため、長いあいだ店頭から姿を消していました。

ところが今回、福武書店からぜひ出版したいとのお話がありましたので、事情をうかがったところ、じつは福武書店出版部の吉田元子さんが社内の編集会議で熱心に推薦した結果であることを知りました。元子さんは中学生のとき、たまたま本書を旺文社文庫版で読み非常に感動して深く心に記憶していたのだそうです。マーク・トウェインは「わたしの書は、水だ。偉大なる天才の書は、酒だ。誰もが飲むもの、それは、水だ」と言っていますが、こうしたトウェインの創作態度が年輩者ばかりでなく中学生の心にも深い感動を与えたのでしょう。

今回、福武文庫から新しく出版するにあたって、わたくしたちはお若い読者のみなさんにもできるかぎり読みやすくなるようにと心がけました。

なおまた、本書をお読みになったこの機会に、マーク・トウェインのほかの作品や作者自身についてももっと勉強したいとおっしゃる皆さんのために、読書案内をかねて基本図書をご紹介することにしました。〔編集部注・一九九四年時の情報です〕

1　まずマーク・トウェインの作品について、日本語訳にどんなものがあるか、誰がいつ、どこから出版したか、などを調べるには、『翻訳図書目録Ⅲ（芸術・言語・文学編）』の"Twain, Mark"の項をご覧になるのが便利です。東京の日外アソシエーツ株式会社から出版されており、同社の翻訳図書目録シリーズとして、これまでに『45／76』年版（一九九一年刊）、『77／84』（一九八四）、『84／88』（一九八八）、『88／92』（一九九二）が出ています。

2　マーク・トウェインが初めてわが国に紹介されたのはいつ頃か、また彼についてどんな文献が現在までにあるか、その内容はどんなものか、などをくわしく調べるには、勝浦吉雄著『日本におけるマーク・トウェイン――概説と文献目録』（東京・桐原書店、一九七九）および、勝浦吉雄著『続　日本におけるマーク・トウェイン』（東京・桐原書店、一九八八）がピカイチです。

3　マーク・トウェインについて日本の大学教員や研究者が発表した図書・論文にはどんなものがあるか、その題名を簡単に調べるには、『二〇世紀文献要覧大系』の"Twain, Mark"の項（第18巻〈一九七五－一九八四年版〉一九八七年刊、第19巻〈一九八五－一九八九〉一九九一、第23巻〈一九四五－一九六四〉一九九四。東京・日外アソシエーツ株式会社）および、『英語年鑑』（東京・研究社）が便利でしょう。

4　海外の大学教員や研究者が発表した図書・論文の題目を調べるには、*MLA International Bibliography of Books and Articles on the Modern Languages and Literatures, Vol, 1:British and Irish, Commonwealth, English Caribbean, and American Literatures* の"American literature/1800-1899,""Clemens, Samuel' の項。（New York : The Modern Language Association of America 出版。年刊）

5　マーク・トウェインについて、一八五八年から一九七五年までの文献を解説つきで紹介したものとしては、Thomas Asa Tenney(ed.), *Mark Twain: A Reference Guide*（Boston: G. K. Hall & Co., 1977.）

一九七六年以降の文献、および同書で漏れていた文献については、同書の

Supplementとして、*American Literary Realism* 誌の一九七七年から一九八三年までの各巻に収録されたもの、一九八三年以降の文献については、*Mark Twain Circular* 誌の一九八七年号から一九九四年号まで、その“About Mark Twain”欄に収録されているものがいいでしょう。この欄は今後も継続されるはずです。

6 マーク・トウェインの主要な作品について、海外の著名な批評家がどのように論評しているかを調べるには、*Twentieth-Century Literary Criticism*（Vols. 6, 12,19, 36 and 48.）（Detroit : Gale Research Inc.）が便利。

7 マーク・トウェインの主要な短編についての読書案内としては、James D. Wilson, *A Reader's Guide to the Short Stories of Mark Twain*（Boston: G. K. Hall & Co., 1987.）があります。

8 マーク・トウェインが生前どんな図書を所蔵し、それをどのように読み、どのように活用していたか、などについて調べるには、Alan Gribben, *Mark Twain's Library: A Reconstruction. Vols. I & II*（Boston: G. K. Hall & Co., 1980.）

9 マーク・トウェインのこれまで公表された全作品の梗概と登場人物を手っ取り早く調べるには、Robert L. Gale, *Plots and Characters in the Works of Mark Twain. Vols. I & II*（Hamden: The Shoe String Press, Inc.〈Archon Books〉, 1973.）

10　マーク・トウェインが作品の中で使っている特別な語（句）の用法を調べるには、Robert L. Ramsay & Frances G. Emberson, *A Mark Twain Lexicon*（New York: Russell & Russel Inc., 1963.）

11　マーク・トウェインの伝記、時代背景、作家論など全般的に概観するには、E. Hudson Long & J. R. LeMaster, *The New Mark Twain Handbook*（New York: Garland Publishing, Inc., 1985.）

12　マーク・トウェインについて人事百般、幅広く調べたいときには、J. R. LeMaster & James D. Wilson(eds.), *The Mark Twain Encyclopedia*（New York: Garland Publishing, Inc., 1993.）

13　パソコンを使ってマーク・トウェインを研究したいときには、*Twain's World*（CD-ROM, Bureau Development, Inc., USA）

14　マーク・トウェインについて最新情報を知りたいときには、*Mark Twain Journal*（Editor: Thomas A. Tenney, The Citadel, Charleston, SC 29409, USA）（年二回、春秋発行）および、*Mark Twain Circular*（Editor: James S. Leonard, The Citadel, Charleston, SC 29409, USA）、これは"Mark Twain Circle of America"の機関誌で、年四回発行。*Mark Twain Journal* の購読者には料金割引の特典があります。

15 最近、東京の彩流社から、『マーク・トウェイン　コレクション』全一〇巻シリーズのうち第一巻が刊行されました。

16 最後に、これは自己宣伝になって恐縮ですが、わたくしの翻訳した『不思議な少年　第44号』（本邦初訳）が今年の六月に東京の角川書店から出ました。あわせてお読みいただければ幸いです。

一九九四年一二月二〇日　三島市　三恵台にて

文庫解説　原初の出発から人間を探る

亀井俊介

私は文学研究者のつもりだけれども、蒐書家(しゅうしょか)ではない。豪華版とか稀覯本(きこうぼん)とかに、興味はあるけれども欲しいとは思わない。ペーパーバックとか文庫本とか、便利で読みやすい方に手を伸ばす。が、もう何十年前か、フィラデルフィアの古本屋でマーク・トウェイン作『アダムの日記』と『イヴの日記』の原書初版本を見つけた時には、とびつくようにして買った。作品はもちろんすでに読んで知っている。すべてのページを図版ページと向き合わせたこの二冊は、何か別の世界に読者を誘い込む趣きがあった。

本書は文庫版だが、幸い図版をすべて再現して載せている。『アダムの日記』の方の最初の図版を見てほしい（原書では口絵(くちえ)になり、表紙のデザインにも用いられている）。アダムが日記を書いている絵だ。アダムは神が地上に作った最初の人間だから、彼のまわりに文明の道具など何ひとつないはずだ。彼は大きな石に象形文字のようなものを刻みつけている。その有様をライオンや虎、猿や栗鼠(りす)、それに蛇までもが見守っている。そこに長い髪をした人間の女——イヴか——もまじっている。人間も動物も平和に共存していたエデンの園の状況を反映しているようだ。

マーク・トウェインは自作の本の売れ行きを非常に気にする人だったので、挿絵画家にもいろいろ注文をつけていた。画家のF・ストロスマンも、トウェインと十分打ち合わせた上でこの絵を画(か)いたに違いない。

ところで、アダムは少年のような姿だが、はっきり画かれているのは顔だけだ。イヴも顔が見えるだけで、胴から下は完全に隠れている。両方とも、性的な部分は不在なのだ。本文の挿絵に入ると、画家はいろんな工夫をこらして日記の中味を絵にしてみせ、実に面白い。マンガ的、抽象画的、SF的、判じ物的、等々。一貫しているのは、イヴが画かれるのは顔だけで、ついに胴体不在の人間なことである。胴以下が画かれるべき時は、長い髪で隠されてしまっている。

さて『イヴの日記』の方に移ると、トウェインはもっとまともな挿絵を望んだらしい。レスター・ラルフによる図版はまったく違うものになっている。これも最初の絵を見ていただきたい（原書ではやはり口絵になっている）。アダムとイヴがリンゴの樹の前に立ち、イヴがアダムにリンゴを食べるようにすすめている図である。アダムの性器は蛇が、イヴのそれは長い髪が隠しているが、二人は全身裸である。イヴは乳房もかすかに見える。今見ればどうということもまったくないが、当時はびっくりするような図版だった。ページをめくっていくと、イヴの美しい裸の全身を正面から描く絵も出てくる。すべて線画で、品よくのびのびと描かれていて、エロチックというよりも健康的だが、ある種の大胆さは感じられる。

『アダムの日記』は、最初『ナイアガラ・ブック』（一八九三）というナイアガラの滝の宣伝本に寄せられたが、図版を加えた単行本としては一九〇四年に出版、『イヴの日記』が現在のような挿絵入り単行本となったのは一九〇六年である。マーク・トウェインはすでに、『トム・ソーヤーの冒険』（一八七六）や『ハックルベリー・フィンの冒険』（一八八五）などの著者として、全米に並ぶ者ない名声を博しており、文字通りの国民作家となっていた。トウェイン自身、そのことは十分に自覚してもいた。が、国民のいろんな階層から期待と尊敬をもって見られるようになった結果、彼は困惑と混乱をかかえてもいた。

もともとアメリカ西部の開拓村出身の彼は、いわばフロンティア・スピリットを身につけ、文明化した東部の伝統主義を斥け、自由に生き、自由に自分を発展させようとし、そういう思いをのびのびと語る作家になっていた。ところがアメリカは、南北戦争後、急速に産業国家として発展し、新たに富を得た階層は「金めっき時代」と呼ばれる表面上はなやかな生活を実現したが、ヨーロッパの先進文化を真似る「上品な伝統」の修得にも夢中になった。ちゃんとした人間は品位を身につけなければならない。人間の品位が最もよく現われるのは男女関係においてである。セックスなどという本能的なものは下品の極み。紳士淑女たる者、性に関係することはいっさい口にも行動にも表わしてはいけない、というわけだった。

西部の野人のマーク・トウェインは、こういうお上品主義に猛反対だった。いろんな小説でこれをからかってみせている。それどころか、たとえば『一六〇一年』（一八七七年頃）という私家版の小説で、エリザベス女王やシェイクスピアが宮廷の炉端でワイ談にふけるところを楽しく描いてみせたり、パリの紳士クラブで「オナニーについての若干の考察」（一八七九）と題するスピーチをしたりしていた。ただこれは人目につかぬ所での憂さ晴らしにすぎぬ。

トウェインには歴然たるもう一つの面があったのだ。それを象徴的に示すのが、東部の新興成金の娘で「上品な伝統」を全身に受け止めて育った品位ある女性、オリヴィアとの結婚である。彼は彼女に惚れ込んだだけでなく、結婚後も敬愛し抜き、彼女の前では自らも完璧な「上品な伝統」人間として振る舞い続けたのである。

マーク・トウェインは自分自身を通して、人間のこういう相反する二面を理解し、批判もするが愛しみもし、表現してきた。そして国民すべての作家になったのだ。そして二十世紀初頭、齢七十になんなんとしてきて、もう一度こういう「人間」のおかしな姿を得意の筆で語ってみたい、と思い立ったに違いない。人間を一番原初の出発点まで引き戻して、その行動や思考の有様を追ってみたい。それには、少年時代から否応なく親しんできた最も権威ある物語の世界に、原初の人間をおいてみるのがよい。つまり聖書の創世記のエデンの園に、アダムを、そしてイヴをおいて、生きさせるのである。わが身上であるユーモアを最大限に駆使して。

ここから先は、もう私がとやかく述べる必要はあるまい。この作品に展開するのは、エデンの園を舞台にした原初的な人間男女のホーム・ドラマである。しかも執筆当時の「上品な伝統」を反映して、登場人物は下半身を欠落させられているので、しっちゃかめっちゃかなストーリーのナンセンス・コメディである。たとえばこの男女、蛇にそそのかされて禁断のリンゴを食べた結果、木の葉や動物の毛皮で体をおおうことを覚える。と、その翌年、カインと名づけることになる新しい生き物がどこからか出現する、といった具合なのだ。こんなストーリーを文章にしえたのは、トウェインの強引な筆力によるとしか言いようがない。

ただちょっと注目しておきたいのは、アダムは初めのうち一人で生きるようにできた孤独を愛する人間（まさにあの西部の野人）であり、髪の長い変な奴がまつわりついてくるのを邪魔に思ったり、「監督してやる」などと見下したりしていたのに、いつしか「連れ」(companion) と受け止め、むしろ彼女の言いなりになっていくことである。そして二人がいわばホームを作って十年後、アダムが「エデンの園の外にあっても彼女といっしょに住むほうが、エデンの園の中で彼女なしに住むよりはいい」と述懐するところで、彼の日記は終わる。マンガ的だった原初の人間が社会人になったわけだ——この発展には、トウェインとオリヴィアとの関係が反映していることは言うまでもあるまい。

『アダムの日記』が出版されて二カ月ほどたった一九〇四年六月、妻のオリヴィアが病没、さらにその三カ月ほど後、トウェインは『イヴの日記』の構想を得たと言われる。トウェインはこちらの日記で、亡妻への思いをもっとよく表現したいと思ったに違いない。イヴは、アダムの文章よりはるかに教養ある女の文章で、豊かな人間的感情を表現する。センチメンタルにもなるのだが、自己内省をえんえんと展開もする。『イヴの日記』で今読んで重要に思えるのは、「転落」(Fall) のテーマが正面に出てくることだろう。蛇に誘惑され、リンゴを食べた結果、「死」が出現し、アダムとイヴはエデンから転落する。楽園喪失はミルトンの大叙事詩のテーマにもなった人間の一大問題だが、「でもわたしは、彼を見出した。そして、わたしは満足している」とイヴは日記にしるす。そしてさらに、アダムを力いっぱい愛することが「わたしの若さと、わたしの女という性とにとってふさわしいことなのだと思う」と、初めて「性」の自覚を口にしている。「そうだ、わたしが彼を愛しているのは、ただ、彼がわたしのものであり、そして男性だから、だと思う」と言い切る。ここへ来て、ナンセンス・コメディだったこの作品が、知らぬ間に真剣な「文学」作品になっていることに読者は気づく。「上品な伝統」に挑戦し、「性」の力を主張する内容になっているのだ——ただ、あくまで「上品な伝統」の禁忌にふれない、慎重な表現を守りながらではあるが。

『アダムの日記』と『イヴの日記』を綴りながら、マーク・トウェインの人生観は揺れ動いていた。西部の野人でありたい。品位ある文明人でもありたい。が、彼はもっは、エデンの園からの転落を喜んだということとは、神の権威よりも人間本位の立場に立ったということである。たしかに『アダムの日記』には、「神」という言葉は一度も出て来ない。が、『イヴの日記』には、この世のいろいろを「お与えくださったお方」への感謝が綴られるのだ。ただこういう価値観の混乱も、最終的には、イヴの存在そのものによって幸せにまるめ込まれてしまう。作品はイヴの墓の前でのアダムのこういう言葉で締めくくられる——「たとえどこであろうと、彼女のいたところ、そこがエデンだった」。

要するにマーク・トウェインの心はあっちに揺れ、こっちに揺れ続けている。いや人間という生き物は、このように自分の存在を手探りしている——そういう姿を、彼は自分自身を、あるいは自分をもっと原初的にしたアダムやイヴを通して表現していたらしい。いや、さらに言えば、そういう手探りの有様を幅広く、明けっ広げに、あるいはむしろ楽しそうに語ってやまないところに、彼が国民作家となりえた理由の大きな部分があるのではないか。誰もがマーク・トウェインに自分の存在の代弁者を見出すのだ。『アダムの日記』と『イヴの日記』は、日記という小振りの書き物ながら、トウェインという作家のダイナミズムを見事に示していると思う。

（かめい・しゅんすけ／アメリカ文学研究）

本書は一九七六年旺文社文庫、九五年福武文庫、二〇一五年角川e文庫より刊行されました。本文庫化にあたっては、角川e文庫版を底本としました。

本書中、今日からみれば不適切と思われる表現がありますが、書かれた時代背景と作品価値とを鑑み、そのままとしました。

Mark Twain:
THE DIARIES OF ADAM & EVE

アダムとイヴの日記（にっき）

二〇二〇年 一 月二〇日 初版印刷
二〇二〇年 一 月三〇日 初版発行

著　者　マーク・トウェイン
訳　者　大久保博（おおくぼひろし）
発行者　小野寺優
発行所　株式会社河出書房新社
〒一五一－〇〇五一
東京都渋谷区千駄ヶ谷二－三二－二
電話〇三－三四〇四－八六一一（編集）
〇三－三四〇四－一二〇一（営業）
http://www.kawade.co.jp/

ロゴ・表紙デザイン　粟津潔
本文フォーマット　佐々木暁
本文組版　株式会社キャップス
印刷・製本　中央精版印刷株式会社

Printed in Japan ISBN978-4-309-46710-8

アフリカの日々

イサク・ディネセン　横山貞子〔訳〕　46477-0

すみれ色の青空と澄みきった大気、遠くに揺らぐ花のようなキリンたち、鉄のごときバッファロー。北欧の高貴な魂によって綴られる、大地と動物と男と女の豊かな交歓。20世紀エッセイ文学の金字塔。

人みな眠りて

カート・ヴォネガット　大森望〔訳〕　46479-4

ヴォネガット、最後の短編集！　冷蔵庫型の彼女と旅する天才科学者、殺人犯からメッセージを受けた女性事務員、消えた聖人像事件に遭遇した新聞記者……没後に初公開された珠玉の短編十六篇。

舞踏会へ向かう三人の農夫　上

リチャード・パワーズ　柴田元幸〔訳〕　46475-6

それは一枚の写真から時空を超えて、はじまった——物語の愉しみ、思索の緻密さの絡み合い。二十世紀全体を、アメリカ、戦争と死、陰謀と謎を描いた驚異のデビュー作。

舞踏会へ向かう三人の農夫　下

リチャード・パワーズ　柴田元幸〔訳〕　46476-3

文系的知識と理系的知識の融合、知と情の両立。「パワーズはたったひとりで、そして彼にしかできないやり方で、文学と、そして世界と戦った。」解説＝小川哲

大いなる遺産　上

ディケンズ　佐々木徹〔訳〕　46359-9

テムズ河口の寒村で暮らす少年ピップは、未知の富豪から莫大な財産を約束され、紳士修業のためロンドンに旅立つ。巨匠ディケンズの自伝的要素もふまえた最高傑作。文庫オリジナルの新訳版。

大いなる遺産　下

ディケンズ　佐々木徹〔訳〕　46360-5

ロンドンの虚栄に満ちた生活に疲れた頃、ピップは未知の富豪との意外な面会を果たし、人生の真実に気づく。ユーモア、恋愛、友情、ミステリ……小説の魅力が凝縮されたディケンズの集大成。